# Warum in die Ferne schweifen?

# *Warum in die Ferne schweifen?*

Geschichten und Gedichte
von Heimat und Fremde

Ausgewählt
von Jan Strümpel

Anaconda

FSC
www.fsc.org
MIX
Papier | Fördert gute Waldnutzung
FSC® C014496

Penguin Random House Verlagsgruppe FSC® N001967

Die Deutsche Nationalbibliothek verzeichnet diese Publikation in der Deutschen Nationalbibliografie; detaillierte bibliografische Daten sind im Internet unter http://dnb.d-nb.de abrufbar.


Umschlagmotiv: shutterstock.com / Vector Tradition
Umschlaggestaltung: www.katjaholst.de
Satz und Layout: Achim Münster, Overath
Druck und Bindung: GGP Media GmbH, Pößneck
ISBN 978-3-7306-1323-8
www.anacondaverlag.de

## Vorwort

Auf die Frage nach ihrer Heimat antworten viele Menschen vermutlich erst einmal: mein Dorf, meine Stadt, die Landschaft, aus der ich stamme. Also das ganz bestimmte Fleckchen Erde, in dem man verwurzelt ist oder es einmal war. Die Anschlussfrage könnte lauten, ob man sich diesem Ort denn in besonderer Weise verbunden fühlt, »Heimatgefühle« für ihn hegt, und wenn ja, warum. Wenn Sie dieses Buch in die Hand genommen haben, werden Sie vermutlich neugierig sein, was kluge Leute dazu geschrieben haben, und tatsächlich erhalten Sie hier jede Menge Antworten.

Wobei viele etwas zu einem Fleckchen Erde sagen, aber längst nicht alle. Heimat als Ort der Verwurzelung kann nämlich viel mehr sein als ein geografisches Stück Land: die Familie, die Herkunft, der Beruf, der Glaube, der Verein. Manche fühlen sich in der Welt zu Hause oder haben eine geistige Heimat. Während einer angenehmen Tischgesellschaft in seinem Haus sagte Goethe zu seinem Sekretär Eckermann: »Alle diese vortrefflichen Menschen, das ist es, was ich eine Heimat nenne, zu der man immer gerne wieder zurückkehrt.«

Dann gibt es Menschen, die auswandern, die aus ihrer Heimat vertrieben wurden, aus ihr flüchten mussten oder in den Krieg eingezogen wurden. Heimweh verbindet sich mit dem Ort, an den man gern zurück möchte oder der unerreichbar geworden ist. Und schließlich fühlen sich gar nicht alle da wohl, wo sie herkommen, die Heimat ist ihnen fremd geworden oder stellt sich gegen sie. Es gibt viele Gründe, daheim unbehaust zu sein.

Dieses Buch versammelt literarische Texte früherer Zeiten, die in vielgestaltiger Weise Heimat zum Thema haben. Die Schriftstellerinnen und Schriftsteller umkreisen die Frage, was Heimat ist oder war oder sein kann oder ihnen bedeutet, auch in ihrer verschwisterten Form, der Fremde. Und sie treten raus vor die eigene Haustür, versuchen einen Landstrich in seinem Charakter zu erfassen oder fahren in die nähere Umgebung mit dem berechtigten Gefühl, dass es auch abseits klassischer Touristenziele bestimmt viel zu entdecken gibt.

Heimatlieder enthält dieser Band nur wenige, Heimatroman-Literatur gar nicht. Lieder, die einen Ort, eine Region, ein Gewässer besingen, stammen oft eher von Verseschmieden als von guten Dichtern, hier genügen einige Paradebeispiele. Und was sogenannte Heimatdichter geschrieben haben, trägt für uns Heutige oft eher weniger zur Erkundung dieses flirrenden und so schwierigen Begriffs Heimat bei. Übrigens kann man seine eigene Heimat gern toll und ganz besonders schön finden, aber wer zu ihrem Lob die Heimaten anderer Menschen, Völker, Kulturen oder Nationen herabsetzen zu können meint, ist in dieser Anthologie nicht willkommen.

Lassen Sie sich mitnehmen zu den verschiedenen, ganz individuellen, ernsten und fröhlichen Formen der Beschreibung dessen, was Heimat sein kann und wie vielfältig sie sich dem Auge der Betrachter darbietet. Dem einen ist es ein

Kindheitsort, dem anderen ein Kartoffelfeld. Und der dritte braucht keine Fernreise, sondern nur seine Füße und offene Augen, um das Gute ganz in der Nähe zu finden und mit ihm das Glück.

## Johann Wolfgang von Goethe

### Erinnerung

Willst du immer weiter schweifen?
Sieh, das Gute liegt so nah.
Lerne nur das Glück ergreifen,
Denn das Glück ist immer da.

## Heinrich Seidel

### Die Geschichte eines Tales

Seit vielen Tausenden von Jahren floss der Bach schon durch das Tal. Sein Rauschen und Rieseln war ohne Ende, ob er nun im Frühling, wenn der Schnee in den Bergen schmolz, mit trüber Flut und mit stärkerem Brausen einhertobte, ob er im Sommer grünlich und glasklar zwischen bemoosten Felsblöcken plätscherte, ob er im Herbste die Fülle der gelben Blätter mit sich führte und in seinen stillen Buchten anhäufte, oder ob er im Winter fast schwärzlich und dampfend durch Eis und Schnee dahinging. So war es einst, so ist es heute und so wird es sein, solange über ihn hinweg die Wolken ziehen und die Gipfel in Dunst hüllen, solange der Tau fällt und in den feuchten Wiesen die Nebel brauen.

Es war vor langer Zeit, da hatte diesen Bach noch keines Menschen Auge erblickt, dieweil es keine gab im weiten Umkreis, und das Tal war erfüllt mit einem mächtigen Urwalde, der, aus sich selbst hervorgewachsen, in sich selbst wieder verging. Keine anderen Töne kannte es als den Donner des Himmels, das Sausen des Windes in den Wipfeln, das Rauschen der Gewässer, das Brüllen und den Schrei der wilden Tiere, den Gesang der Vögel und das Summen der wilden Bienen. In den Höhlen der Felsen und der uralten Eichbäume wohnten der Bär, der Luchs und die wilde Katze und an den Bach kamen zur Tränke stolze Hirsche und zierliche Rehe. Der Dachs hatte einen ausgetretenen Steig von seiner Höhle bis ans Wasser und der listige Fuchs schnürte dort gerne entlang, um bei der Tränke ein leckeres Vögelchen zu erhaschen oder eine jener rot getüpfelten Forellen, die den klaren Bach in Menge erfüllten.

Die Bäume in diesem Tale wuchsen, wie sie wollten, und wurden uralt, bis sie endlich von den Larven der Käfer und anderer Insekten vielfach durchbohrt und überall angehämmert von fleißigen Spechten abstarben und mit weißgebleichten Ästen dastanden. Dann kam ein Sturmwind, der sie unter gewaltigem Krachen zu Boden schmetterte, und alsbald wuchs üppig aus den vermodernden Trümmern neues Leben hervor. Zuweilen stürzte ein solcher Riese in das Bachbett, sodass sich die Gewässer schäumend Bahn brechen mussten durch verworrenes Geäste. Es kam dann wieder ein mächtiger Wolkenbruch, der den Bach hoch anschwellen ließ, sodass er die Hindernisse beiseite warf und die Trümmer bergabwärts führte.

Nun geschah es einst an einem stillen Sommerabend, da weiter nichts vernehmlich war als das endlose Rieseln der Gewässer und der Gesang der Rotkehlchen und Amseln, welche der letzte rote Abendschein noch wach hielt, dass ein stattlicher Rehbock aus dem Walde vorsichtig auf eine begraste Waldblöße trat und dann, nachdem er nach allen Seiten gesichert hatte, an den Bach zur Tränke ging. Als er dort zum Wasser sich niederbeugte, ertönte plötzlich ein durchdringender Warnruf einer aufmerksamen Amsel, wodurch sie ein Raubtier oder sonst etwas, das ihr gefährlich scheint, ankündigt. Auf diese wohlbekannten Töne hin richtete der Rehbock sich hoch empor und wollte sich eben zur Flucht wenden, als ein seltsames Schwirren durch die Luft ging, worauf das Tier einen plötzlichen Satz machte, dann unter mehrfachem Schrecken in die Knie brach und nach einigen vergeblichen Versuchen, wieder hochzukommen, vornüber sank und mit dem Kopf im fließenden Wasser regungslos liegen blieb. Da ertönte hinter dem bergenden Buschwerk ein jauchzender Schrei und hervor trat der erste Mensch, der je in diese Gegend gedrungen, eine neue Art von Raubtier, welche gefährlicher war als alle anderen zusammengenommen. Er war notdürftig in Felle gekleidet, rotgebrannt von Luft und Sonne und trug als Waffen Bogen und Pfeile, einen Speer und ein Steinbeil. Zunächst betrachtete er wohlgefällig seinen Pfeil, der dem Rehbocke gerade auf dem Blatt saß und tief eingedrungen war, dann zog er aus einer Tasche von Biberfell ein Feuersteinmesser hervor, brach seine Beute auf, streifte ihr zum Teil das Fell ab und löste eine der stattlichen Keulen heraus. Nun trug er von dem reichlich überall verstreuten dürren Holz zusammen, davon er drei passliche Stücke sorgsam aussuchte. Zwei davon stieß er tief in den Boden und machte dann mit seinem Messer zwei sich gegenüberliegende Vertiefungen in die hervorstehenden Enden. Dann schlang er die Sehne seines Bogens um das dritte beiderseitig zugespitzte Holz und klemmte es mit den Enden in die Vertiefungen der aufrechten Äste, also dass die Figur eines Reckes entstand, dessen Seitenteile mit starker Federkraft auf den waagrechten Stab drückten. Diesen nun versetzte er vermittels der umgeschlungenen Bogensehne, indem er mit dem Bogen selbst heftig hin und her fiedelte, in eine schnelle, wechselnde Drehung, wodurch wegen der starken Reibung an den Auflagepunkten alsbald eine solche Hitze erzeugt wurde, dass ein leichter Rauch aufstieg und nach einer Weile einzelne

Funken hervorsprühten. Solche fing er mit einem bereitgehaltenen Stücke verwitterten Weidenholzes auf, welches alsbald sich entzündete und anfing zu glimmen. Dann hüllte er es in feines, trockenes Gras, das er bald durch eifriges Blasen in den schwelenden Zunder hell aufflammen machte, und nun häufte er neues Gras darauf, dann feine, dürre Zweiglein, dann gröbere Äste und endlich flammte in der schweigenden Wildnis das erste Feuer empor und sandte eine schnurgerade Rauchsäule in die stille Abendluft. Der Mann hieb sodann mit seinem Steinbeil von einem benachbarten Haselbusch zwei gabelige Äste zu und einen glatten Schössling, der ihm zum Bratspieß dienen sollte. Daran steckte er seine Rehkeule, legte ihn über die Gabeln der in die Erde gebohrten Stangen und briet nun sein Abendessen, indem er mit sichtlicher Gier auf das Ende wartete. Als er mit dem Hunger eines Raubtieres den größten Teil des noch halbrohen Fleisches verzehrt und seinen Durst aus dem nahen Bache gelöscht hatte, schleppte er noch mehr Holz zusammen, wälzte auch einen mächtigen Block zum Feuer, der voraussichtlich die ganze Nacht ausdauerte, und streckte sich dann zwischen der Glut und einem benachbarten Felsblock zum Schlafe nieder, unbekümmert um das Gebrüll der wilden Tiere, denn er wusste wohl, dass sie das Feuer scheuten. So hielt der erste Mensch, welcher diese einsame Wildnis betrat, seine Nachtruhe, indes die Gewässer des Baches lauter durch die Stille rauschten, das Feuer knisternd weiter brannte, die funkelnden Sterne schweigend am Himmel dahinwandelten und die Eulen mit schaurigem Schrei über ihn hinwegflogen. Zuweilen waren im Walde leise schleichende Schritte vernehmlich und zwei glimmende Augensterne, in welchen der Widerschein des Feuers lag, stierten aus der schwarzen Finsternis eine Weile auf das unbekannte Neue und tauchten dann wieder in das geheimnisvolle Dunkel zurück.

Von dieser Zeit an kamen häufig derlei Gesellen in das Tal, um dort zu jagen, und dann hallten die Berge wider vom Geschrei der Jäger, dem Bellen ihrer Hunde und dem dumpfen Blasen der Stierhörner. Es war ein starkes, wildes Geschlecht, das den Bären in seiner Höhle aufsuchte, den gereizten wilden Eber auf vorgehaltene Spieße aufrennen ließ, eine blutgierige Art, nur trachtend nach Fleisch und dem süßen, fetten Mark der Knochen. Als nun des Mordens genug und das Wild selten geworden war in der Gegend, verschwanden sie wieder, um bessere Jagdgründe aufzusuchen, und für lange Zeit kehrte die alte Einsamkeit in das Tal zurück.

Dann kam es wieder, dass eines Morgens ein stattlicher Zweiunddreißigender, der auf einer saftigen Waldwiese behaglich äste, plötzlich den Kopf mit dem mächtigen Geweih hoch emporhob und lauschend in die Ferne horchte. Das war nicht das Pochen des Schwarzspechtes, das dort so taktmäßig klopfte, solche Töne hatte sein aufmerksames Ohr noch niemals vernommen. So stand er eine Weile, doch als das neue Geräusch sich immer gleich blieb und in der gleichen Ferne, senkte er gleichmütig den Kopf zu dem fetten Grase wieder hinab. Es war aber das Pochen stählerner Äxte, welches das Tier vernommen hatte, und diese Töne verschwanden nun nicht mehr aus der Gegend, sondern rückten von Jahr zu Jahr näher und an stillen Abenden konnte man an jenen Orten eine Reihe von Rauchsäulen zählen, welche in die unbewegte Luft emporstiegen. Dann kam eines Tages ein kräftiger Mann das Tal hinaufgewandert, der war in gewebte Gewänder gekleidet und stützte sich auf einen Spieß mit blanker stählerner Spitze. Dieser Mann durchstreifte die Gegend um den Bach herum nach allen Richtungen, betrachtete sich die Wiesen und die Waldung, grub mit seinem Spieß von der Erde aus und prüfte diese, indem er wohlgefällig dazu nickte, und verschwand dann wieder talabwärts.

Nach einiger Zeit vernahm die Wildnis wieder neue Töne, das Schnaufen von Pferden, das Kreischen mangelhaft geschmierter Wagenräder und das Gebrüll von Kühen, denn das Tal herauf zog eine kleine Karawane, geleitet von jenem Manne, der gefolgt war von einer stattlichen Frau und sechs Kindern, von welchen zwei Söhne und eine Tochter bereits erwachsen waren. Auf einer anmutigen Grasblöße an dem Ufer des Baches machte die Gesellschaft Halt, es ward mit Stahl und Stein und Zunder ein Feuer angemacht und eine Mahlzeit bereitet. Zur Nacht schliefen sie in den mit Leinwandplanen überspannten Wagen.

Am anderen Tage begann nun auch hier das unablässige Pochen der Äxte, der Boden bedeckte sich mit gelblichen Holzsplittern und die Luft war erfüllt mit dem frischen Harzgeruch gefällter Edeltannen. In geschützter Lage entstand ein Blockhaus, dessen Fugen mit Moos und Lehm gedichtet und dessen Dach mit frisch gespaltenen Schindeln eingedeckt wurde, während zur Seite mächtige Stapel von Brennholz für den Winter sich auftürmten. Als nun durch die unablässige Arbeit schwieliger Hände eine genügende Strecke Landes geklärt worden war und die vom Sommersonnenschein gedörrten Abfälle der Zweige und Äste einen schweren balsamischen Duft verbreiteten, da kam ein hoher Festtag für die Kinder, denn eines Tages, da gerade der Wind eine günstige Richtung hatte, wurde dieser ganz ungeheure Scheiterhaufen von trockenem Reisig angezündet, um sich so auf eine bequeme Art dieser hinderlichen Gegenstände zu entledigen. Zwischen den schwarzgebrannten Stümpfen der gefällten Bäume, von denen man nur die kleineren auch ausgerodet hatte, ward dann mit Pflug und Spaten so gut es ging die Erde gelockert und die erste Wintersaat in den jungfräulichen Boden eingebracht. So kam allmählich der Herbst heran. Die Spitzen des jungen Kornes sahen bereits aus der schwarzen Erde hervor, auf den Waldwiesen standen mächtige Schober köstlichen Gebirgsheues zum Wintervorrat für das Vieh, im Rauchfange hingen die Keulen und Rücken von wilden Schweinen, Bären und feisten Hirschen und im Eichwald schwelgten die wenigen mitgebrachten Schweine in unermesslichen Eicheln, um Kraft und Stärke zu gewinnen für eine gedeihliche Nachzucht im nächsten Jahre. So sahen die ersten Ansiedler dieses gesegneten Tales mit Zuversicht dem nahenden Winter und mit gutem Vertrauen der Zukunft entgegen.

Das nächste Jahr brachte die erste Ernte, neue Ansiedler und der entstehenden Ortschaft einen Namen, denn da der erste Bebauer den Namen Walter führte, so nannte man nach ihm den Platz Walterode und also heißt das Dorf noch bis auf den heutigen Tag. Im Laufe der Zeit verschwand nun der Urwald bis auf einige wenige alte Riesenbäume, welche man zum Wahrzeichen stehen ließ, ganz aus der Ebene des Tales und nur von den Bergen und steilen Hängen schaute er noch finster hin auf den einstigen Schauplatz seiner Größe und alleinigen Herrschaft. Anstatt seiner breitete sich dort ein bunter Teppich verschiedenfarbiger Felder und saftig grüner Wiesen aus, an dem Bache entlang zog sich die Dorfstraße und an dieser lagen saubere Häuser mit hübschem Schnitzwerk verziert, umgeben von Gärten, in welchen Basilikum, Raute, Lavendel, Salbei und andere Würzpflanzen dufteten, in welchen Mohn und Lilien, brennende Liebe und Gelbveigelein blühten und strotzende Küchengewächse üppig sich ausbreiteten. Hinter den Häusern aber im Grasgarten schimmerten im Frühling silbern und rosig die Obstbäume und standen im Herbste gebeugt von goldenen und blauen Früchten. Am höchsten Punkte des Dorfes streckte nun aus dem Schatten uralter Eichen eine Kirche ihr spitzes Türmlein hervor und an den stillen Sommerabenden hörte man statt des rauen Gebrülles der wilden Tiere ein friedliches Läuten, das Dengeln von Sensen und das fröhliche Geschrei spielender Kinder.

Nur der Bach blieb bei diesem Wechsel der Dinge immer derselbe und rauschte durch Dorf und Wiesen mit demselben Geplätscher dahin wie einst durch den unberührten Urwald; er sah die endlose Kette menschlichen Daseins an sich vorübergleiten und dahinfließen wie seine eigenen Wellen, die ewig neu und ewig dieselben waren. Er sah die Kinder an seinen Ufern spielen, wie sie Kanäle und Mühlen bauten und Krebse und Forellen griffen. Er sah sie heranwachsen und pärchenweise im Mondschein an seinen Ufern wandeln, indem sie sich umschlungen hielten und Küsse miteinander tauschten. Er sah gebräunte Männer auf die Arbeit ziehen, indes die Frauen in Haus und Garten sich fleißig regten. Er sah an seinem Rande gebrechliche Greise träumend in der Sonne sitzen, zu deren Füßen neue Kinder die alten Spiele übten, und so flossen die Wellen und die Jahre unablässig dahin. Dieses friedliche Leben ward nur unterbrochen durch solche Ereignisse, für deren Fernbleiben allsonntäglich auf der Kanzel gebetet wird und denen das Menschengeschlecht doch nie und nimmer entrinnen kann. Es kamen Kriegsläufte, in welchen sich die kristallklaren Wellen des Baches mit Blut färbten, es kam eine Feuersbrunst und verzehrte die Häuser des halben Dorfes, eine Pestilenz, ausgebrütet in den Sümpfen der Länder gegen Sonnenaufgang, wanderte herbei, leerte die Häuser und füllte den Kirchhof, Misswuchs und sein scheußliches Kind Hungersnot zehrten an den Gebeinen der Dorfbewohner, doch alles überwand die unverwüstliche Kraft des Lebens, und so blüht und gedeiht der freundliche Ort Walterode bis auf den heutigen Tag.

Und wie sieht es denn jetzt dort aus? Schon wieder ein wenig anders, und wieder sind neue unerhörte Töne bis in die entlegene Einsamkeit dieses Tales gedrungen, denn von dem Haupttale aus, in welches es mündet, wie sein Bach einläuft in das Flüsschen, das sich dort glänzend durch den Grund windet, schrillt zuweilen herüber, wie der Todesschrei eines furchtbaren Riesentieres aus dem Geschlechte der Schweine, der gellende Pfiff der Lokomotive. Den Bach hat man eingefangen und seine Kraft vor allerlei Mühlen und Fabriken gespannt, wo er mit unwilligem Brausen über die Wehre stürmt, um wimmelnde Räder und Riemen und knirschende Sägen zu treiben. Aus einem schmalen Seitentale ragt sogar der mächtige Schornstein einer Papierfabrik hervor, welche eifrig bestrebt ist, ganze Wälder zu fressen und sie in ungemein schlechtes Papier zu verwandeln.

Um die Sommerszeit aber kommen aus Berlin und Leipzig und anderen großen Städten Geheimräte und Kommerzienräte mit gebildeten Gattinnen, ästhetischen Töchtern und klugen Söhnen, um die köstliche Gebirgsluft zu genießen. Und die Väter wandeln würdevoll in der nächsten Umgegend spazieren und führen weise Gespräche über den Stand der orientalischen Frage oder die neueste Anleihe, während die Mütter, auf den Bänken sitzend und in der schönen Aussicht schwelgend, die große Dienstbotenfrage erwägen und wo man den besten und billigsten Kaffee kauft. Die Töchter aber sind meist mit Skizzenbüchern behaftet, mit welchen sie überall in der Gegend herumsitzen, und es gibt in dem ganzen Dorfe und seiner Umgebung keinen bemoosten Felsblock, keine alte Kropfweide, keine Kuh und keinen Schweinestall, der nicht schon in solchem Skizzenbuche stände. Die klugen Söhne aber hocken beim Biere, rauchen ein Zigarettlein nach dem anderen und genießen die balsamische Gebirgsluft auf diese Art.

So ist es jetzt, wie es aber in Zukunft sein wird, das weiß niemand. Es gab ja Städte, welche einst glänzend dastanden in der Pracht ihrer Paläste und weit hinaus ihre mächtige Herrschaft ausübten, doch heute kennt man kaum den Ort in der Wüste, wo sie lagen. Sie sind vergessen und fast ohne Spur verloren. So kann es auch sein, dass die Menschen einmal wieder verschwinden aus diesem Tale und das Dorf in Trümmer sinkt.

Dann wird langsam der Wald herabsteigen aus dem Gebirge in seine alten Standplätze und nach Hunderten von Jahren ein neuer Urwald dort seine Wipfel wiegen, und das Andenken der Menschen, welche dort wohnten, wird hinabgeflossen sein in das große Meer der Vergessenheit. Doch mit demselben Rauschen und Rieseln wie einst und jetzt wird auch dann der Bach zu Tale wandern mit seinen klaren Gewässern, die ewig kommen und ewig gehen und ewig bleiben.

## Marie von Ebner-Eschenbach

### Ein Traum im Traume

Mir träumte, ich hätte das vollkommene Luftschiff erfunden und sei mit ihm an eine so ferne Stelle im Weltenraum gelangt, dass erst jetzt Bilder von Ereignissen zu ihr drangen, die sich vor tausend und aber tausend Jahren auf unsrer Erde abgespielt hatten.

Ein überraschender Anblick stellte sich im Äther mir dar. Ich sah eine große Menge brauner schlanker Menschen mit der Ausführung eines riesigen Bauwerks beschäftigt. Sie projizierten, visierten, gruben, hämmerten und sägten an ungeheuren Blöcken, hieben gewaltige Stufen zu. In der Höhe über ihnen schwärmten Flieger, die ich anfangs für vielgestaltige Vögel hielt. Es waren aber keine Vögel, es waren Luftfahrzeuge der verschiedensten Art, nach allen Systemen, die wir kennen, erbaut, aber jedes zur höchsten Vollkommenheit ausgebildet. Sie kamen von überall daher, mit dem Winde, gegen den Wind, mit rasender Eile herabgewirbelt, nahe dem Boden sachte hingleitend. Sie kamen schwer beladen mit Wüstensand, mit Ziegeln und Nilschlamm, mit Quadern und auch mit Melonen, Datteln, Bananen, Granatäpfeln, köstlichen Früchten der sonnengeliebten, sonnengeküssten Tropen. Ein Ewigkeits-, ein Pyramidenbau war's, der sich mir darstellte, und die beschwingten Helfer nahmen den armen Fronern die schwerste Arbeit ab und brachten ihnen Nahrung und Erquickung. O die herrlichen Wohltäter, edle Erzeugnisse des schaffenden Menschengeistes;

damals schon standen sie in Übung und Gebrauch und waren mit einer uralten Kultur vom Erdboden verschwunden.

Mir aber, mir war es gegeben worden, sie zu neuem, unermesslich erhöhtem Leben zu erwecken. Mit jubelvoller Dankbarkeit pries ich mein Geschick und hatte im Traume den wonnigen Traum von einer in heller Blüte der Wohlfahrt stehenden Welt. Durch meine Flieger – sie wurden Legion – stieg der Verkehr zu fabelhafter Höhe, dem Handel und Wandel die Pfade bereitend. Hungersnot kannte man nur noch dem Namen nach; trat Misswachs in einem Lande ein, stellte ein andres, wenn auch auf der jenseitigen Hemisphäre gelegen, unverweilt Lebensmittel in Fülle zur Verfügung, sehr froh, Absatz für seine reiche Ernte zu finden. Der Wohlstand wuchs und mit ihm die Gesittung. Die wilde Habgier erlosch; leicht wird ein guter Gönner, wer nicht selbst allzu bitter entbehrt. Verleumdung, tendenziöse Lobpreisungen beeinflussten das Urteil eines Volkes über das andre nicht mehr; dieses Urteil bildete sich aus eigener Anschauung, eigener Erfahrung. Aus dem Verständnis erwuchs die Gerechtigkeit, die, was gilt, auch gelten lässt; ein Band von Geist zu Geist bildete sich, die Kunst der einen erweckte die Bewunderung der andern, und ihre Wissenschaft wurde ihnen nutzbringend und ehrwürdig. Trennende Grenzen fielen, es gab keine Fremde mehr, alle Menschen hatten nur eine mit gleich heißer Liebe gehegte Heimat – die Erde.

Wohltäter, Erlöser aus materieller Not waren die Flieger einem alten Volke gewesen – was sie einem fortgeschrittenen Zeitalter werden konnten, ermisst die Phantasie eines Sterblichen nicht.

Von einem Wonnerausch erfasst, ein glückseliger Glückbringer, flog ich pfeilgerade dem Erdball zu und nahm die Richtung nach einer Werkstätte, in der emsige Erfinder mit der Herstellung von Flugmaschinen beschäftigt waren. Eine Weile beobachtete ich ihr Treiben, und ein großes Mitleid erfasste mich. Ich sah ihr rastloses Mühen und seine Erfolglosigkeit, die Gefahren, denen sie sich tollkühn aussetzten, die Enttäuschungen, die ihnen bevorstanden …

Kinder! Kinder! Ihr tappt im Finstern, wollte ich ihnen zurufen und ihnen die Lösung des großen Rätsels darlegen. Da begannen sie zu sprechen, sich zu beraten, und ich erschrak, ich zögerte – und schwieg.

Worauf sannen diese Erfinder? Was war das Ziel ihrer Bestrebungen? … Kriegszwecken sollten ihre Flieger dienen, Mordwerkzeuge gedachten sie herzustellen. Sie hatten nicht genug an ihren weittragenden Geschützen, die, meisterlich gehandhabt, die Reihen der Gegner niedermähen wie Gras, wie reifes Korn – aus den Wolken wollten sie kommen, als Feuerhagel herunterprasseln auf Menschenbrüder, auf unsre geliebte Heimat: Erde.

»Lebendiger Gott, lass diese die Lösung nicht finden, diese nicht!«, schrie ich auf und erwachte.

## Kurt Tucholsky

### Heimat

Nun haben wir auf vielen Seiten Nein gesagt, Nein aus Mitleid und Nein aus Liebe, Nein aus Hass und Nein aus Leidenschaft – und nun wollen wir auch einmal Ja sagen. Ja –: zu der Landschaft und zu dem Land Deutschland.

Dem Land, in dem wir geboren sind und dessen Sprache wir sprechen.

Der Staat schere sich fort, wenn wir unsere *Heimat* lieben. Warum grade sie – warum nicht eins von den andern Ländern –? Es gibt so schöne.

Ja, aber unser Herz spricht dort nicht. Und wenn es spricht, dann in einer andern Sprache – wir sagen »Sie« zum Boden; wir bewundern ihn, wir schätzen ihn – aber es ist nicht das.

Es besteht kein Grund, vor jedem Fleck Deutschlands in die Knie zu sinken und zu lügen: wie schön! Aber es ist da etwas allen Gegenden Gemeinsames – und für jeden von uns ist es anders. Dem einen geht das Herz auf in den Bergen, wo Feld und Wiese in die kleinen Straßen sehen, am Rand der Gebirgsseen, wo es nach Wasser und Holz und Felsen riecht, und wo man einsam sein kann; wenn da einer seine Heimat hat, dann hört er dort ihr Herz klopfen. Das ist in schlechten Büchern, in noch dümmeren Versen und in Filmen schon so verfälscht, dass man sich beinahe schämt, zu sagen: man liebe seine Heimat. Wer aber weiß, was die Musik der Berge ist, wer die tönen hören kann, wer den Rhythmus einer Landschaft spürt … nein, wer gar nichts andres spürt, als dass er zu Hause ist; dass das da sein Land ist, sein Berg, sein See, auch wenn er nicht einen Fuß des Bodens besitzt … es gibt ein Gefühl jenseits aller Politik, und aus diesem Gefühl heraus lieben wir dieses Land. Wir lieben es, weil die Luft so durch die Gassen fließt und nicht anders, der uns gewohnten Lichtwirkung wegen – aus tausend Gründen, die man nicht aufzählen kann, die uns nicht einmal bewusst sind und die doch tief im Blut sitzen.

Wir lieben es, trotz der schrecklichen Fehler in der verlogenen und anachronistischen Architektur, um die man einen weiten Bogen schlagen muss; wir versuchen, an solchen Monstrositäten vorbeizusehen; wir lieben das Land, obgleich in den Wäldern und auf den öffentlichen Plätzen manch Konditortortenbild eines Ferschten dräut – lass ihn dräuen, denken wir und wandern fort über die Wege der Heide, die schön ist, trotz alledem.

Manchmal ist diese Schönheit aristokratisch und nicht minder deutsch; ich vergesse nicht, dass um so ein Schloss hundert Bauern im Notstand gelebt haben, damit dieses hier gebaut werden konnte – aber es ist dennoch, dennoch schön. Dies soll hier kein Album werden, das man auf den Geburtstagstisch legt; es gibt so viele. Auch sind sie stets unvollständig – es gibt immer noch einen Fleck Deutschland, immer noch eine Ecke, noch eine Landschaft, die der Fotograf nicht mitgenommen hat … außerdem hat jeder sein Privat-Deutschland. Meines liegt im Norden. Es fängt in Mitteldeutschland an, wo die Luft so klar über den Dächern steht, und je weiter nordwärts man kommt, desto lauter schlägt das Herz, bis man die See wittert.

Die See – Wie schon Kilometer vorher jeder Pfahl, jedes Strohdach plötzlich eine tiefere Bedeutung haben … wir stehen nur hier, sagen sie, weil gleich hinter uns das Meer liegt – für das Meer sind wir da. Windumweht steht der Busch, feiner Sand knirscht dir zwischen den Zähnen …

Die See. Unvergesslich die Kindheitseindrücke; unverwischbar jede Stunde, die du dort verbracht hast – und jedes Jahr wieder die Freude und das »Guten Tag!« und wenn das Mittelländische Meer noch so blau ist … die deutsche See. Und der Buchenwald; und das Moos, auf dem es sich weich geht, dass der Schritt nicht zu hören ist; und der kleine Weiher, mitten im Wald, auf dem die Mücken tanzen – man kann die Bäume anfassen, und wenn der Wind in ihnen saust, verstehen wir seine Sprache. Aus Scherz hat dieses Buch den Titel »*Deutschland, Deutschland über alles*« bekommen, jenen törichten Vers eines großmäuligen Gedichts. Nein, Deutschland steht nicht über allem und ist nicht über allem – niemals. Aber *mit* allen soll es sein, unser Land. Und hier stehe das Bekenntnis, in das dieses Buch münden soll:

*Ja, wir lieben dieses Land.*

Und nun will ich euch mal etwas sagen:

Es ist ja nicht wahr, dass jene, die sich »national« nennen und nichts sind als bürgerlich-militaristisch, dieses Land und seine Sprache für sich gepachtet haben. Weder der Regierungsvertreter im Gehrock, noch der Oberstudienrat, noch die Herren und Damen des Stahlhelms allein sind Deutschland. Wir sind auch noch da.

Sie reißen den Mund auf und rufen: »Im Namen Deutschlands …!« Sie rufen: »Wir lieben dieses Land, nur wir lieben es.« Es ist nicht wahr.

Im Patriotismus lassen wir uns von jedem übertreffen – wir fühlen international. In der Heimatliebe von niemand – nicht einmal von jenen, auf deren Namen das Land grundbuchlich eingetragen ist. Unser ist es.

Und so widerwärtig mir jene sind, die – umgekehrte Nationalisten – nun überhaupt nichts mehr Gutes an diesem Lande lassen, kein gutes Haar, keinen Wald, keinen Himmel, keine Welle – so scharf verwahren wir uns dagegen, nun etwa ins Vaterländische umzufallen. Wir pfeifen auf die Fahnen – aber wir lieben dieses Land. Und so wie die nationalen Verbände über die Wege trommeln – mit dem gleichen Recht, mit genau demselben Recht nehmen wir, wir, die wir hier geboren sind, wir, die wir besser deutsch schreiben und sprechen als die Mehrzahl der nationalen Esel – mit genau demselben Recht nehmen wir Fluss und Wald in Beschlag, Strand und Haus, Lichtung und Wiese: es ist unser Land. Wir haben das Recht, Deutschland zu hassen – weil wir es lieben. Man hat uns zu berücksichtigen, wenn man von Deutschland spricht, uns: Kommunisten, junge Sozialisten, Pazifisten, Freiheitsliebende aller Grade; man hat uns mitzudenken, wenn »Deutschland« gedacht wird … wie einfach, so zu tun, als bestehe Deutschland nur aus den nationalen Verbänden.

Deutschland ist ein gespaltenes Land. Ein Teil von ihm sind wir.

Und in allen Gegensätzen steht – unerschütterlich, ohne Fahne, ohne Leierkasten, ohne Sentimentalität und ohne gezücktes Schwert – die stille Liebe zu unserer Heimat.

## Karl Krebs

### In der Heimat ist es schön

In der Heimat ist es schön
auf der Berge lichten Höh'n
auf den schroffen Felsenpfaden
auf der Fluren grünen Saaten
wo die Herden weidend gehn
In der Heimat ist es schön!

In der Heimat ist es schön
wo die Lüfte sanfter wehn,
wo des Baches Silberwelle
murmelnd eilt von Stell' zu Stelle,
wo der Eltern Häuser stehn
In der Heimat ist es schön!

In der Heimat ist es schön
wo ich sie zuerst gesehn,
wo mein Herz sie hat gefunden
ewig sich mit ihr verbunden;
dort werd' ich sie wiedersehn
In der Heimat ist es schön!

**Emil Rittershaus**

## DIE HEIMAT

Was ist die Heimat? Ist's die Scholle?
Drauf deines Vaters Haus gebaut?
Ist's jener Ort, wo du die Sonne,
Das Licht der Welt zuerst geschaut?

O nein, o nein, das ist sie nimmer!
Nicht ist's die Heimat, heißgeliebt.
Du wirst nur da die Heimat finden,
Wo's gleichgestimmte Herzen giebt!

Die Heimat ist, wo man dich gerne
Erscheinen, ungern wandern sieht.
Sie ist's, ob auch in weiter Ferne
Die Mutter sang dein Wiegenlied.

## Friedrich von Logau

### Fremde

Größer Torheit kann kaum sein,
Wer in fremdes Land kümmt ein,
Dass er will, dass alle sollen
Richten sich nach seinem Wollen.
Wer das Fremde so veracht,
Wird von Fremden auch verlacht;
Wer nicht Macht hat zu gebitten,
Tadelt närrisch andre Sitten.

**August Wilhelm Schlegel**

## In der Fremde

Oft hab' ich dich rau gescholten
Muttersprache, so vertraut!
Höher hätte mir gegolten
Südlicher Sirenenlaut.

Und nun irr' ich in der Ferne
Freudenlos von Ort zu Ort,
Und vernähm', ach wie so gerne!
Nur ein einzig deutsches Wort.

Manches regt sich mir im Innern,
Doch wie schaff' ich hier ihm Luft?
All mein kindliches Erinnern
Findet in mir seine Gruft.

Einsam schweif' ich in die Felder,
Such' ein Echo der Natur;
Aber Bäche, Winde, Wälder
Rauschen fremd auf dieser Flur.

Unverstanden, unbeachtet,
Wie mein deutsches Lied verhallt,
Bleibt es, wann mein Busen schmachtet,
Und in bangem Sehnen wallt.

## Johann Wolfgang von Goethe

### Die Leiden des jungen Werthers

*Zwei Briefe Werthers an seinen Freund Wilhelm, 1772*

Am 5. Mai
Morgen gehe ich von hier ab, und weil mein Geburtsort nur sechs Meilen vom Wege liegt, so will ich den auch wiedersehen, will mich der alten, glücklich verträumten Tage erinnern. Zu eben dem Tore will ich hinein gehn, aus dem meine Mutter mit mir heraus fuhr, als sie nach dem Tode meines Vaters den lieben, vertraulichen Ort verließ, um sich in ihre unerträgliche Stadt einzusperren. Adieu, Wilhelm, du sollst von meinem Zuge hören.

Am 9. Mai
Ich habe die Wallfahrt nach meiner Heimat mit aller Andacht eines Pilgrims vollendet, und manche unerwarteten Gefühle haben mich ergriffen. An der großen Linde, die eine Viertelstunde vor der Stadt nach S… zu steht, ließ ich halten, stieg aus und hieß den Postillion fortfahren, um zu Fuße jede Erinnerung ganz neu, lebhaft, nach meinem Herzen zu kosten. Da stand ich nun unter der Linde, die ehedem, als Knabe, das Ziel und die Grenze meiner Spaziergänge gewesen. Wie anders! Damals sehnte ich mich in glücklicher Unwissenheit hinaus in die unbekannte Welt, wo ich für mein Herz so viele Nahrung,

so vielen Genuss hoffte, meinen strebenden, sehnenden Busen auszufüllen und zu befriedigen. Jetzt komme ich zurück aus der weiten Welt – o mein Freund, mit wie viel fehlgeschlagenen Hoffnungen, mit wie viel zerstörten Planen! – Ich sah das Gebirge vor mir liegen, das tausendmal der Gegenstand meiner Wünsche gewesen war. Stundenlang konnt' ich hier sitzen und mich hinüber sehnen, mit inniger Seele mich in den Wäldern, den Tälern verlieren, die sich meinen Augen so freundlichdämmernd darstellten; und wenn ich dann um die bestimmte Zeit wieder zurück musste, mit welchem Widerwillen verließ ich nicht den lieben Platz! – Ich kam der Stadt näher, alle die alten, bekannten Gartenhäuschen wurden von mir gegrüßt, die neuen waren mir zuwider, so auch alle Veränderungen, die man sonst vorgenommen hatte. Ich trat zum Tor hinein und fand mich doch gleich und ganz wieder. Lieber, ich mag nicht ins Detail gehn; so reizend, als es mir war, so einförmig würde es in der Erzählung werden. Ich hatte beschlossen, auf dem Markte zu wohnen, gleich neben unserem alten Haus. Im Hingehen bemerkte ich, dass die Schulstube, wo ein ehrliches altes Weib unsere Kindheit zusammengepfercht hatte, in einen Kramladen verwandelt war. Ich erinnere mich der Unruhe, der Tränen, der Dumpfheit des Sinnes, der Herzensangst, die ich in dem Loche ausgestanden hatte. – Ich tat keinen Schritt, der nicht merkwürdig war. Ein Pilger im heiligen Lande trifft nicht so viele Stätten religiöser Erinnerungen an, und seine Seele ist schwerlich so voll heiliger Bewegung. – Noch eins für tausend. Ich ging den Fluss hinab, bis an einen gewissen Hof; das war sonst auch mein Weg, und die Plätzchen, wo wir Knaben uns übten, die meisten Sprünge der flachen Steine im Wasser hervorzubringen. Ich erinnerte mich so lebhaft, wenn ich manchmal stand und dem Wasser nachsah, mit wie wunderbaren Ahnungen ich es verfolgte, wie abenteuerlich ich mir die Gegenden vorstellte, wo es nun hinflösse, und wie ich da sobald Grenzen meiner Vorstellungskraft fand; und doch musste das weiter gehen, immer weiter, bis ich mich ganz in dem Anschauen einer unsichtbaren Ferne verlor. – Sieh, mein Lieber, so beschränkt und so glücklich waren die herrlichen Altväter! So kindlich ihr Gefühl, ihre Dichtung! Wenn Ulyss von dem ungemessnen Meer und von der unendlichen Erde spricht, das ist so wahr, menschlich, innig, eng und geheimnisvoll. Was hilft mich's, dass ich jetzt mit jedem Schulknaben nachsagen kann, dass sie rund sei? Der Mensch braucht nur wenige Erdschollen, um drauf zu genießen, weniger, um drunter zu ruhen.

**Karl Philipp Moritz**

## Anton Reiser

*In Hannover ist für den jungen Erzähler dieses autobiografischen Romans alles toxisch geworden, er muss dringend weg. Und schon auf dem Weg ins nahe Hildesheim fühlt er sich viel besser.*

Sowie nun Reiser die Türme von H… aus dem Gesicht verloren hatte und mit schnellen Schritten vorwärts ging, atmete er freier, seine Brust erweiterte sich – die ganze Welt lag vor ihm – und tausend Aussichten eröffneten sich vor seiner Seele.

Er dachte sich den Faden seines bisherigen Lebens gleichsam wie abgeschnitten – er war nun aus allen Verwickelungen auf einmal befreiet – denn hätte er auch die Universität in G… bezogen, so hätte ihn auch dort sein Schicksal hin verfolgt; die ganze Zeitgenossenschaft seiner Jugend hätte auch dort wieder auf ihn gedrückt, und sein Mut hätte ganz erliegen müssen.

Denn so lange, wie er in jenen Kreis hingebannt war, konnte er kein Zutrauen zu sich selber fassen – und wenn sein Mut sich erholen sollte, so musste er so bald die Menschen nicht wieder sehen, die vielleicht unvorsätzlich ihm die Tage seiner Jugend verbittert hatten.

Nun war er aus diesem Kreise ganz geschieden. – Der Schauplatz seiner Leiden, die Welt, worin er die Schicksale seiner Jugend durchlebt hatte, lag hinter ihm – er entfernte sich mit jedem Schritt von ihr und konnte, so wie er sich eingerichtet hatte, acht Tage wandern, ohne dass ihn ein Mensch vermisste.

Nun fand er eine unbeschreibliche Süßigkeit in dem Gedanken, dass außer Philipp Reiser niemand um sein Schicksal und um den Ort seines Aufenthalts wusste, dass selbst dieser einzige Freund sich bei seinem Abschiede nicht sehr bekümmert hatte; dass er nun außer allen Verhältnissen und allen Menschen, zu denen er kam, völlig gleichgültig war.

Wenn das gänzliche Hinscheiden aus dem Leben durch irgendeinen Zustand kann vorgebildet werden, so muss es dieser sein. –

Sowie nun die Hitze des Tages sich legte, die Sonne sich neigte und die Schatten der Bäume länger wurden, verdoppelte er seine Schritte und machte denselben Nachmittag die drei Meilen bis Hildesheim ununterbrochen, wie einen Spaziergang; auch betrachtete er es völlig wie einen Spaziergang; denn er war nun in Hildesheim so gut wie in H… zu Hause.

Als er an das Stadttor kam, schlug er sich vorher den Staub von den Schuhen, brachte sein Haar in Ordnung, nahm eine kleine Gerte in die Hand, mit der er im Gehen spielte, und schlenderte auf die Weise langsam über die Brücke, auf der er zuweilen stehen blieb, als ob er jemanden erwartete oder nach etwas sich umsah. – Und da er überdem in seidenen Strümpfen ging, so hielt ihn niemand in diesem Aufzuge für einen Reisenden, der über vierzig Meilen zu Fuß zu wandern im Begriff ist.

Keine Schildwache fragte ihn, und er wanderte mit den Einwohnern der Stadt, die auch von ihren Spaziergängen zurückkehrten, in die Tore von Hildesheim. – Und der Gedanke war ihm wiederum äußerst beruhigend und angenehm, dass er diesen Leuten gar nicht als fremd auffiel, niemand nach ihm sich umsah, sondern dass er gleichsam zu ihnen mitgerechnet wurde, ohne doch zu ihnen zu gehören. –

Da ihn nun niemand von allen diesen Menschen kannte und niemand sich um ihn bekümmerte, so verglich er sich auch mit keinem mehr; er war wie von sich selbst geschieden; seine Individualität, die ihn so oft gequält und gedrückt hatte, hörte auf, ihm lästig zu sein; und er hätte sein ganzes Leben auf die Weise ungekannt und ungesehen unter den Menschen herumwandeln mögen.

Als er nicht weit vom Tore einen Gasthof suchte, kam ihm die Straße bekannt vor, und er erinnerte sich wieder an die Zeit, als er vor vier Jahren mit dem Rektor, bei dem er wohnte, am Fronleichnamsfeste hier war, und an die ängstliche und peinliche Lage, in der er sich damals befand, weil er von der Gesellschaft, mit der er ging, weder ausgeschlossen war, noch eigentlich dazugehörte. – Es wälzte sich ihm wie ein Stein vom Herzen weg, da er sich das alles nun als gänzlich vergangen dachte.

In dem Gasthofe, worin er nun einkehrte, empfing und bewirtete man ihn nach seiner Kleidung, und er hatte nicht den Mut, es von sich abzulehnen, sondern ließ es sich gefallen, dass man ihm ein Abendessen zubereitete, ein Bette zum Schlafen anwies und ihm am andern Morgen seinen Kaffee brachte. – Den trank er noch in Ruhe und las im Homer dazu, als er auf einmal wie aus einer Art von Betäubung erwachte, da er sich lebhaft vorstellte, dass er mit seiner Barschaft, die aus einem einzigen Dukaten bestand, nicht nur über vierzig Meilen weit reisen, sondern notwendig an Ort und Stelle noch etwas davon übrig haben müsste.

Er bezahlte schnell seine Zeche, die ihn um nicht weniger als den sechsten Teil seines ganzen Vermögens ärmer machte, erkundigte sich nach der Straße, die auf Seesen führte, und wanderte mit sorgenvollen Gedanken und schwerem Herzen aus dem Tore von Hildesheim.

Es war noch früh am Tage – der Weg führte ihn durch eine angenehme Gegend, wo Wald und Flur miteinander abwechselten und der Gesang der Vögel ihm entgegentönte, indes die Morgensonne auf die grünen Wipfel der Bäume schien. –

Sowie er nun schneller vorwärts ging, fühlte er auch nach und nach wieder sein Gemüt erleichtert; heitere Gedanken, reizende Aussichten und kühne Hoffnungen stiegen allmählich wieder in seiner Seele auf, und nun entstand in ihm ein Vorsatz, der ihn auf einmal über alle Sorgen hinwegsetzte und der ihn auf seiner ganzen Wanderung reich und unabhängig machte.

Er durfte nur seine ganze Nahrung auf Brot und Bier einschränken, auf der Streu schlafen und niemals wieder in einer Stadt übernachten, um seinen Unterhalt während der Reise mit wenig mehr als einem Groschen täglich zu bestreiten. Auf die Weise konnte er länger als einen Monat unterwegens sein und war am Ende der Reise doch noch nicht ganz entblößt.

Sobald er diesen Vorsatz, den er von dem Tage an standhaft ausführte, gefasst hatte, fühlte er sich wieder frei und glücklich wie ein König – selbst diese freiwillige Entsagung aller Bequemlichkeiten und diese Einschränkung auf die allernötigsten Bedürfnisse – gab ihm eine Empfindung ohnegleichen; er fühlte sich nun beinahe wie ein Wesen, das über alle irdische Sorgen hinweggerückt ist, und lebte deswegen auch ungestört in seiner Ideen- und Phantasienwelt, sodass dieser Zeitpunkt bei allem anscheinenden Ungemach einer der glücklichsten Träume seines Lebens war.

## Joseph von Eichendorff

### Heimweh

Wer in die Fremde will wandern,
Der muss mit der Liebsten gehn,
Es jubeln und lassen die andern
Den Fremden alleine stehn.

Was wisset Ihr, dunkele Wipfeln,
Von der alten schönen Zeit?
Ach, die Heimat hinter den Gipfeln,
Wie liegt sie von hier so weit.

Am liebsten betracht' ich die Sterne,
Die schienen, wenn ich ging zu ihr,
Die Nachtigall hör' ich so gerne,
Sie sang vor der Liebsten Tür.

Der Morgen, das ist meine Freude!
Da steig' ich in stiller Stund'
Auf den höchsten Berg in die Weite,
Grüß Dich Deutschland aus Herzensgrund!

**Justinus Kerner**

## Alte Heimat

In einem dunklen Tal
Lag jüngst ich träumend nieder,
Da sah ich einen Strahl
Von meiner Heimat wieder.

Auf morgenroter Au
War Vaters Haus gelegen;
Wie war der Himmel blau!
Die Flur wie reich an Segen!

Wie war mein Heimatland
Voll Gold und Rosenhelle!
Doch bald der Traum verschwand,
Schmerz trat an seine Stelle.

Da irrt' ich weit hinaus
Ins öde Land voll Sehnen;
Noch irr' ich, such das Haus
Und find es nicht vor Tränen.

## Friedrich Hölderlin

### Die Heimat

Froh kehrt der Schiffer heim an den stillen Strom
  Von fernen Inseln, wo er geerntet hat;
    Wohl möcht' auch ich zur Heimat wieder;
      Aber was hab' ich, wie Leid, geerntet? –

Ihr holden Ufer, die ihr mich auferzogt,
  Stillt ihr der Liebe Leiden? ach! gebt ihr mir,
    Ihr Wälder meiner Kindheit, wann ich
      Komme, die Ruhe noch *einmal* wieder?

**Franz Binhack**

## Waldheimat

Kann ich nimmer wandeln gehen,
Dann schlägt meine letzte Stund;
Dann lebt wohl, ihr Heimathöhen,
Wohl, du grüner Tannengrund;

Dort wo Vögel lieblich sangen,
Rot geglüht der Fliegenschwarm,
Trauermäntel schwarz gehangen
An dem weißen Birkenstamm;

Dort wo tiefe Brunnen quellen
Unter grünes Moos versteckt,
Und wo ich die Goldforellen
Oft durch leisen Tritt erschreckt!

**Adalbert Stifter**

## Die Mappe meines Urgrossvaters

*Aus den Erinnerungen eines Mannes namens Augustinus, der etwa um das Jahr 1700 in Prag Medizin studiert hat und nun in die südböhmische Heimat zurückkehrt, um dort als Arzt zu praktizieren. Stifter beschreibt die dichten Wälder nicht als unberührten Sehnsuchtsort, sondern als von den Menschen dort intensiv genutzten, ja optimierten Lebensraum.*

Damals war es in der Gegend nicht so, wie es jetzt ist, obwohl nur wenige Jahre vergangen sind. Die Veränderungen sind dennoch bedeutend gewesen. Es mochte sich einst ein großer undurchdringlicher Wald über alle die Berge und Täler ausgebreitet haben, die jetzt meine Heimat sind. Nach und nach hat sich die eine und andere Stelle gelichtet, je nachdem entweder ein mächtiger Kriegsfürst oder anderer Herr große Stücke Eigentum in dem Walde erhalten und Leute hingeschickt hat, dass sie an Stellen, die sehr bequem lagen, Holz fällen und aufschlichten sollen, damit er aus seinem Besitze Nutzen ziehe – oder ein armer Mann um weniges Geld in der Wildnis sich einen Platz gekauft hat, den er reutete, auf dem er sich anbaute und von dem er lebte – oder ein Teerbrenner, ein Pechhändler die Erlaubnis erhielt, an abgelegenen Orten, die sich kaum durch Jagd oder sonst etwas nutzbar machen konnten, seine Beschäftigung zu treiben, wo er sich dann anbaute und verblieb – oder einem Wildschützen, einem Wanderer, einem Vertriebenen ein Plätzchen gefiel, an dem er sich ansiedelte und von dem aus er wirkte. Es soll auch einen Mann gegeben haben, der eine Wünschelrute besaß, mit der er Metalle und Wasser in der Erde entdecken konnte; er ist aber sehr arm geblieben, und nachdem sie ihn draußen hatten steinigen wollen, ist er in die fernste Tiefe des Waldes entflohen. Von ihm soll sich der Anfang der oberen Brentenhäuser herschreiben. Alle diese, die sich an vereinzelten Stellen des Waldes befanden, oder wenigstens viele von ihnen hatten Nachkommen, die sich nicht weit von den Eltern ansässig machten, und so mag es gekommen sein, dass die verschiedenen Häuser oder Orte, die an den einzelnen Hügeln des Waldes zerstreut liegen, entstanden sind. Es wird wohl ein jeder, der sich eine Hütte baute, die tieferen Orte des Waldes, die feucht und dumpfig sind, gemieden und sich einen höhern, luftigen ausgesucht haben. Dort lichtete er den Wald um die Hütte, legte sich eine Wiese an, davon er ein paar Rinder nährte, ließ seine Ziegen und Lämmer in das Gesträuche des Waldes gehen und machte sich wohl auch ein Feld und ein Gärtchen, das er bearbeitete. Daher kam es, dass jetzt so gerne die Waldhäuser, schier jedes allein, auf einem Hügel liegen, und von Hügel zu Hügel, von grünem Abhange zu Abhange auf einander hinüber grüßen. Sie sind alle aus Holz gebaut und haben flache Bretterdächer, auf denen die großen grauen Steine liegen. Wenn man auf einem Berge steht, sieht man die Fenster dieser Häuser glänzen, und wenn man tief in den Wald zurückgeht und auf einen Kamm steigt, von dem man die Häuser nicht mehr sehen kann, so steigen von verschiedenen Stellen aus der Dämmerfarbe des Waldes Rauchsäulen auf, die ihre Lage bezeichnen. So eine Hütte war auch die meines Vaters, sie lag ziemlich weit von dem Dunkel der Tannen, gute Wiesen gingen gegen sie her, und von ihr streckte sich ein grüner Hang hinab, der sehr feucht war, aber mit einem Grün prangte, das den Schein des Smaragdsteines erreichte. Hinter der Hütte war ein Garten, in welchem Gemüse wuchsen und sogar einige Blumen gezogen wurden. Während ich in Prag war, hatte der Vater auch auf dem trockenen Grunde ein Feld bereitet, das der Bube Thomas mit Hilfe der Schwestern besorgte.

So war es genau noch, als ich nach der Beendigung meiner Wissenschaften in meine Heimat zurückkehrte. Von dem hinteren hohen Walde, der noch in der ursprünglichen Schönheit und Unentworrenheit prangte, ging ein angenehmer Waldwinkel herum, es blickte schon hie und da ein hellgrüner Fleck, und wenn Ernte war, ein goldener aus der finstern Farbe des Waldes hervor, die Flecke wurden immer mehr, je weiter man gegen das Land hinaus kam, bis endlich, wo es ebener wurde, wallende Felder gingen, mancher Kirchturm schimmerte und glänzte und sich nur schmale Streifen von Gehölze dahin zogen. In dem Waldwinkel, weil er sich sehr günstig bog und sich gegen die Sonne lehnte, war es im Sommer sehr warm, ja oft heißer, als man es sich denken kann, aber im Winter auch sehr kalt, es war hoher Schnee und ein Gestöber, wie man es sich ebenfalls nicht zu denken vermag. In jedem Tale und in jeder Krümme des Waldlandes zog und rauschte ein Bächlein und floss zwischen den Gebüschen, die in dem Talgrunde und in den Rinnen standen, die warme feuchte Waldluft, bis draußen, wo die Getreide begannen, breite Bäche flossen, ein Fluss wandelte und eine trockne Luft über die Felder und die Häuser der Menschen ging. Die Waldbewohner nannten jenen fruchtbaren Strich nur immer das »Land draußen«.

Da ich, um mein Amt auszuüben, nach Hause kam, hatte sich der Anbau der Felder schon viel näher und unterbrechender in die Wälder herein gezogen, allein in der Gegend, wo das Haus meines Vaters lag, breitete sich noch immer viel weiter das Dunkel und Dämmer des Waldes aus als der Schimmer und der Glanz des Getreides.

Aber etwas anderes hatte sich verbessert, dessen Nutzen ich sehr bald, als ich mich in der Gegend aufhielt, empfinden lernte. Es waren, da ich als Knabe fortzog, schier keine anderen Wege als nur Fußwege durch die Gehölze und auf den Höhen herum. Wo man fahren konnte, hatte sich der Weg nur durch Gewohnheit gebildet, indem man nämlich die Gründe, wo ein Wagen gehen konnte, benützte und sich so die Gleise bildeten, auf denen dann in der Zukunft die Wägen sich folgten. Aber da der Boden der Gleise ungleich dicht war, entstanden Gruben und Vertiefungen, welche das Fahren zu einer schweren Arbeit machten, wenn man Holz oder etwas anderes nach Hause zu schaffen hatte. Dass man sich auf einen Wagen setzen und sich auf demselben fortfahren lassen könne, bloß zu dem Behufe, dass man nicht gehen dürfe, davon hatten die Waldbewohner keinen Begriff. Es wäre auch beschwerlicher und viel langsamer gewesen als das Gehen; sie setzten sich nur auf einen Wagen, wenn derselbe zufällig leer war, um etwas fuhr und hauptsächlich auf einem schmalen von Gestrüpp begrenzten und morastigen Wege ging, dass man nicht an seiner Seite her gehen konnte. Dann saß derjenige, der das Gespann lenkte, fast stehend auf dem obersten Rande der Leiter oder des Brettes, das den Wagen schloss, und ließ sich hin und her wiegen, wenn die Räder in Gruben niedergingen, oder aus denselben emporstiegen. Die Bewohner der Ebene aber hatten in der Zeit, durch das Beispiel und die Belehrungen eines Mannes angeregt, der unter ihnen große Besitzungen hatte, angefangen, ganz ordentliche Straßen zu bauen, wie man sie immer in den Ländern sieht, wo die Fuhrleute fahren und die Waren gehen. Sie bauten diese Straßen nicht etwa bloß von Ort zu Ort, sondern, da sie den Nutzen derselben einsehen lernten, selbst in die Felder und wo überhaupt öfter ein beladener Wagen zu gehen hat. Die Schönheit dieses Dinges lenkte die Augen auf sich. Die Waldleute, da sie öfter hinauskamen und sahen, wie die Wägen auf den breiten, festen und fast gewölbten Fahrbahnen dahinrollten, als ob die Tiere ledig gingen, freuten sich darüber und bauten zwar im Gebirge keine Straßen, weil sie sagten, das geht bei uns nicht, aber sie warfen doch in die Gruben ihrer Wege Steine, ebneten die Oberfläche, räumten manches Gestrüppe weg, dass neben den Gleisen ein Fußweg wurde, und konnten den Morast auf ihren Wegen nicht mehr leiden oder dass sich irgendein Bach eine Strecke des Weges zum Rinnsale erkor. Da sie bald sahen, welche große Beschwerde im Fahren sie dadurch beseitigten und welche Mühsal nun aufgehört habe, da sie auch bald merkten, welche Ersparung an Zeit, Zugvieh und Wagengeschirr eingetreten war: blieben sie bei der einmal angefangenen Weise und besserten immer auch die kleinste schadhafte Stelle, die sich zeigte, sogleich wieder aus. Ich hatte eine große Freude, wenn ich so meines Weges zu einem Menschen ging, der sehnsüchtig nach mir verlangte, und mir ein Landmann begegnete, der einige Steine auf seinem leeren Wagen hatte, mit dem er von dem Felde nach Hause fuhr, welche Steine er auf dem Felde oder auf dem steinigen Raine desselben aufgeladen hatte, damit er sie in irgendeine Vertiefung werfe, die er auf dem Wege bemerkt hatte. Ich sah auch schon den langstieligen Hammer, den er mitführte, dass er die größeren, die sich nicht fügen wollten, zerschlage und damit die kleineren Unebenheiten verquicke. Durch diese Reinlichkeit in ihren Wegen und durch den strengeren Sinn, der sich nunmehr dafür kundgab, wurden sie aber auch weiter geführt. Mancher fing an, sein Haus und dessen Umgebungen reiner zu halten als sonst, hie und da entstand eine steinerne weißgetünchte Wand statt der früheren hölzernen, an Sonntagen zeigten sich manche nettere und schmuckere Gewänder, und wenn die Zither klang, so wurden zwar keine neuen Weisen, denn diese blieben in Jahrhunderten fort immer dieselben, aber die alten wurden lieblicher und freundlicher gespielt.

In diesem Zustande fand ich die Dinge, als ich in meiner Heimat ankam, um meine Tätigkeit zu beginnen. Es kamen immer mehr Leute, die von mir Rat und Hilfe verlangten. Ich sprach mit allen sehr freundlich, und wenn ich auf meinen vielen Gängen vor manchem Hause oder mancher Hütte vorbeikam, wo ich bekannt war, entweder noch von meiner Kinderzeit her oder weil ich ihnen jetzt schon einen Dienst zu leisten imstande gewesen war, ging ich hinein und redete mit ihnen entweder von ihren eigenen Angelegenheiten oder von andern verschiedenen Dingen. Oftmals saß ich in der Abendsonne auf der Bank vor einem Hause und sprach oder spielte mit den Kindern und ging dann, wenn der Himmel recht schön golden war, von den vielen Bäumen begrüßt und von dem langsamen Sausen der Föhrennadeln begleitet durch den Kirmwald nach Hause. Die Gebirgsbewohner sind sehr verständig und meistens sind sie auch heitere umgangswürdige Leute. Ich war wohl noch sehr jung, fast bei weitem zu jung für einen Arzt: aber sie hatten als zu einem Landeskinde Zutrauen zu mir und fragten mich zuweilen auch bei anderen Dingen als bei Krankheiten um Rat.

Ich gewann die Gegend allgemach immer lieber, und wie ich mich früher manchmal aus der Stadt in den Wald gesehnt hatte, so war es auch jetzt wieder gut, wenn ich von Pirling, was doch nicht gar weit ist, oder von Gurfeld, von Rohren, von Tanberg, wohin ich öfter gerufen wurde, nach Hause fuhr und das Grün der Tannen wieder von den Höhen herab grüßte, manches Bächlein, das zwischen den Waldklemmen ging, mir rauschend entgegensprang, mancher Birkenstamm von den Bergen leuchtete, mancher dorrende Holzklotz am Wege lag, weil man hier nicht besonders darauf zu achten hat, und manche Baumversammlung sich immer dichter folgend an dem Wege stand, die wehenden Äste oberhalb hinüber streckend und unten an einem Stamme irgendein Bildchen enthaltend. Wenn ich von den schönen, fast gerade laufenden Straßen der Ebene hereinkam, war es mir wie ein gutes Heimatgefühl und tat mir beinahe wohl, wenn sie abbrachen und unsere schmalen, krummen, hin und her gehenden Wege anfingen, auf denen man langsamer fahren musste.

**Bettina von Arnim**

## Die Günderode

Wir waren am Rhein und sind wieder den andern Tag zurück spät abends, so ist heut schon Donnerstag; es war schön in Rüdesheim; die Tonie hatte dort über jemand zu sprechen, der als Geistlicher in unser Haus soll; ich guckte indes auf der Bremserin aus dem großen schwarzen Gewölb auf die Wiese im Abendschein; es flogen all die Schmetterlinge über mich hinaus, denn da oben auf der Burg wächst so viel Thymian und Ginster und wilde Rosen, und alles hat der Wind hinaufgetragen; man meint als, der fliegende Blumensamen müsst eine Seel haben und hätt sich nicht weiter wollen treiben lassen vom Wind und wär am liebsten dageblieben; alles blüht und grünt, so viel Glockenblumen und Steinnelken und Balsam; ich dacht, wie ist's doch möglich, dass das alte Gemäuer so überblüht ist. – Blum an Blum! Unten in der Ruine wohnt ein Bettelmann mit der Frau und zwei Kindern, sie haben eine Ziege, die bringen sie hinauf, die grast den duftenden Teppich mir nichts, dir nichts ab. – Ich war eine ganze Stunde allein da und hab hinaus auf dem Rhein die Schiffe fahren sehen; da ist mir's doch recht sehnsüchtig geworden, dass ich wieder zu Dir will; und wenn's noch so schön ist, es ist doch traurig ohne Widerhall in der lebendigen Brust; der Mensch ist doch nichts als Begehren, sich zu fühlen im andern. Du lieber Gott! eh ich Dich gesehen hatt, da wusst ich nichts, da hatt ich schon oft gelesen und gehört, Freund und Freundin, und nicht gedacht, dass das ein ganz neu Leben wär; was dacht ich doch vorher von Menschen? – gar nichts! – Der Hund im Hof, den holt ich mir immer, um in Gesellschaft zu sein; aber nachher, wie ich eine Weile mit Dir gewesen war und hatte so manches von Dir gehört, da sah ich jed Gesicht an wie ein Rätsel und hätt auch manches gern erraten, oder ich hab's erraten, denn ich bin gar scharfsinnig. Der Mensch drückt wirklich sein Sein aus, wenn man's nur recht zusammennimmt und nicht zerstreut ist und nichts von der eignen Einbildung dazutut; aber man ist immer blind, wenn man dem andern gefallen will und will was vor ihm scheinen, das hab ich an mir gemerkt. Wenn man jemand lieb hat, da sollt man sich lieber recht fassen, um ihn zu verstehen, und ganz sich selbst vergessen und ihn nur ansehen; ich glaub, man kann den ganz verborgnen Menschen aus seinem äußern Wesen heraus erkennen. Das hab ich so plötzlich erkannt, wie ich Menschen sah, die ich nicht verstand, was sie mir sollten, und nun sind mir die meisten, dass ich sie nicht lang überlegen mag, weil ich nichts merk, was mir gefällt oder mit mir stimmt, aber mit Dir hab ich wie eine Musik empfunden, so daheim war ich gleich; ich war wie ein Kind, das, noch ungeboren, aus seinem Heimatland entfremdet, in einem fremden Land geboren war und nun auf einmal von weither übers Meer wieder herübergetragen von einem fremden Vogel, wo alles neu ist, aber viel näher verwandt und heimlicher; und so ist mir's immer seitdem gewesen, wenn ich in Dein Stübchen eintrat; und so war's auch auf den alten Burgtrümmern gestern: so lachend wie die Wiesen waren und die lustigen Mädchen, die sangen, und der Abendschein und die Schiffe und die Schmetterlinge; alles war mir nichts;

ich sehnt mich nach Dir, nur nach Deinem Stübchen, ich sehnt mich nach dem Winter, dass doch drauß der Schnee sein möcht und recht früh dunkel und drin brennt Feuer; der Sonnenschein und's Blühen und Jauchzen zerreißt mir's Herz. – Ich war recht froh, wie die Tonie mit dem Wagen vorfuhr; wie ich unten hin kam, waren dem Bettelmann seine zwei hübschen Kinder bloß im Hemdchen und kugelten mit Lachen übereinander und hatten sich so umfasst; ich sagt: »Wie heißt ihr denn?« – »Röschen und Bienchen.« – Das Röschen ist blond mit roten Wängelchen, und das Bienchen ist braun mit schwarzen stechenden Augen. Das Bienchen und Röschen hatten sich so recht ineinandergewühlt. – Um Mitternacht heimgekehrt – höchst angenehmer Schlaf beim Rauschen vom Springbrunnen.

**Johann Wolfgang von Goethe**

## Die Lustigen von Weimar

Donnerstag nach Belvedere,
Freitag gehts nach Jena fort:
Denn das ist, bei meiner Ehre,
Doch ein allerliebster Ort!
Samstag ists, worauf wir zielen,
Sonntag rutscht man auf das Land;
Zwätzen, Burgau, Schneidemühlen
Sind uns alle wohlbekannt.

Montag reizet uns die Bühne;
Dienstag schleicht dann auch herbei,
Doch er bringt zu stiller Sühne
Ein Rapuschchen frank und frei.
Mittwoch fehlt es nicht an Rührung,
Denn es gibt ein gutes Stück;
Donnerstag lenkt die Verführung
Uns nach Belveder' zurück.

Und es schlingt ununterbrochen
Immer sich der Freudenkreis
Durch die zweiundfünfzig Wochen,
Wenn mans recht zu führen weiß.
Spiel und Tanz, Gespräch, Theater,
Sie erfrischen unser Blut;
Lasst den Wienern ihren Prater;
Weimar, Jena, da ists gut!

*Anm.: Die Rapuse, bei Goethe »Rapuschchen«, ist ein Kartenspiel.*

**Franz Grillparzer**

## In der Fremde

Schon bin ich müd zu reisen,
Wär's doch damit am Rand!
Vor Hören und vor Sehen
Vergeht mir der Verstand.

So willst du denn nach Hause?
Ach nein, nur nicht nach Haus!
Dort stirbt des Lebens Leben
Im Einerlei mir aus.

Wo also willst du weilen,
Wo findest du die Rast,
Wenn übrall du nur Fremde,
Die Heimat nirgend hast.

## Annette von Droste-Hülshoff

### Westfälische Schilderungen

Wenn wir von Westfalen reden, so begreifen wir darunter einen großen, sehr verschiedenen Landstrich, verschieden nicht nur den weit auseinanderliegenden Stammwurzeln seiner Bevölkerung nach, sondern auch in allem, was die Physiognomie des Landes bildet oder wesentlich darauf zurückwirkt in Klima, Naturform, Erwerbsquellen und, als Folge dessen, in Kultur, Sitten, Charakter und selbst Körperbildung seiner Bewohner. ...

Selten mögen wenige Meilen einen so raschen Übergang hervorbringen als jene, welche die Grenzstriche Paderborns und seines frommen Nachbarlandes, des Bistums Münster, bilden. – Noch vor einer Stunde, hinter dem nächsten Hügel, haben kleine, schwarzbraune Schlingel, die im halben Naturzustande ihre paar mageren Ziegen weniger hüteten als bei ihnen diebswegen Wache standen, auf deine Frage nach dem Wege dich zuerst durch verstelltes Missverstehen und Witzeleien gehöhnt und dir dann unfehlbar einen Pfad angegeben, wo du wie eine Unke im Sumpfe oder ein Abrahams-Widder in den Dornen gesteckt hast – d. h. wenn du nicht mit Geld klimpertest, denn in diesem Falle haben nicht einer, sondern sämtliche Buben ihre Ziegen, um sie desto sicherer wiederzufinden, ins Kornfeld getrieben, und mindestens ein Dutzend Zäune zerbrochen und Pfähle ausgerissen, um dir den nächsten Weg zu bahnen, und du hast dich, übel und böse, zu einer vierfachen Abfindung entschließen müssen –, und jetzt stehst du wie ein Amerikaner, der soeben den Wigwams der Irokesen entschlüpft ist und die ersten Einfriedigungen einer Herrnhuterkolonie betritt, vor ein paar runden Flachsköpfen in mindestens vier Kamisölern, Zipfelmützen, Wollstrümpfen und den landesüblichen Holzschuhen, die ihre Kuh ängstlich am Stricke halten und vor Schrecken aufschreien, wenn sie nach einer Ähre schnappt. – Ihre Züge, deren Milchhaut die Sonne kaum hat etwas anhaben können, tragen so offen den Ausdruck der gutmütigsten Einfalt, dass du dich zu einer nochmaligen Nachfrage entschließest. »Herr!«, sagt der Knabe und reicht dir eine Kusshand, »das Ort weiß ich nicht«; du wendest dich an seinen Nachbarn, der gar nicht antwortet, sondern dich nur anblinzt, als dächte er, du wolltest ihn schlagen. – »Herr!«, nimmt der erstere wieder das Wort, »*der* weiß es auch nicht«; verdrießlich trab du fort, aber die Knaben haben zusammen geflüstert, und der große Redner kömmt dir nachgeklappert. »Meint der Herr vielleicht –?« (hier nennt er den Namen des Orts im Volksdialekt) – auf deine Bejahung stampft er herzhaft vor dir her, immer nach seinen Kameraden umschauend, die ihm mit ihren Augen den Rücken decken, bis zum nächsten Kreuzweg, dann hastig mit der Hand eine Richtung bezeichnend, springt er fort, so schnell es sich in Holzschuhen galoppieren lässt, und du steckst deinen Dreier wieder ein oder wirfst ihn in den Sand, wo die kleinen Heidläufer, die dich aus der Ferne beobachten, ihn schon nicht werden umkommen lassen. – In diesem Zuge hast du den Charakter des Landvolks in nuce – Gutmütigkeit, Furchtsamkeit, tiefes Rechtsgefühl und eine stille Ordnung und Wirtlichkeit, die trotz seiner geringen Anlage zu Spekulationen und glücklichen Gedanken ihm doch einen Wohlstand zuwege gebracht hat, der selbst den seines gewerbtreibenden Nachbars, des Sauerländers, weit übertrifft. – Der Münsterländer heiratet selten, ohne ein sicheres Auskommen in der Hand zu haben, und verlässt sich, wenn ihm dieses nicht beschieden ist, lieber auf die Milde seiner Verwandten oder seines Brotherrn, der einen alten Diener nicht verstoßen wird; und wirklich gibt es keine einigermaßen bemittelte Wirtschaft ohne ein paar solcher Segenbringer, die ihre müden Knochen auf dem besten Platze, am Herde, auswärmen. – Die illegitime Bevölkerung ist gar nicht in Anschlag zu bringen, obwohl jetzt eher als wie vor dreißig Jahren, wo wir in einer Pfarre von fünftausend Seelen ein einziges uneheliches Kind antrafen, einen Burschen von 25 Jahren, den zurzeit der Demarkationslinie ein fremder Feldwebel einem armen Dienstmädchen als trauriges Andenken hinterlassen hatte. – Bettler gibt es unter dem Landvolke nicht, weder dem Namen noch der Tat nach, sondern nur in jeder Gemeinde einige »arme Männer, arme Frauen«, denen in bemittelten Häusern nach der Reihe die Kost gereicht wird, wo dann die nachlässigste Mutter ihr Kind strafen würde, wenn es an dem »armen Manne« vorüberging, ohne ihn zu grüßen. – So ist Raum, Nahrung und Frieden für alle da, und die Regierung möchte gern zu einer stärkern Bevölkerung anregen, die aber gewiss traurige Folgen haben würde bei einem Volke, was wohl ein Eigentum verständig zu bewirtschaften weiß, dem es aber zum Erwerbe mit leerer Hand gänzlich an Geschick und Energie fehlt, und das Sprichwort: »Not lehrt beten« (resp. arbeiten), würde sich schwerlich hinlänglich hier bewähren, wo schon die laue, feuchte Luft den Menschen träumerisch macht und seine Schüchternheit zum Teil körperlich ist, sodass man ihn nur anzusehen braucht, um das langsame Rollen seines Blutes gleichsam mitzufühlen.

Der Münsterländer ist groß, fleischig, selten von starker Muskelkraft – seine Züge sind weich, oft äußerst lieblich und immer durch einen Ausdruck von Güte gewinnend, aber nicht leicht interessant, da sie immer etwas Weibliches haben und selbst ein *alter* Mann oft frauenhafter aussieht als eine Paderbörnerin in den mittleren Jahren – die helle Haarfarbe ist durchaus vorherrschend; man trifft alte Flachsköpfe, die vor Blondheit nicht haben ergrauen können. – Dieses und alles Dazugehörige – die Hautfarbe – blendendweiß und rosig und den Sonnenstrahlen bis ins überreife Alter widerstehend. Die lichtblauen Augen ohne kräftigen Ausdruck – das feine Gesicht mit fast lächerlich kleinem Munde, hierzu ein oft sehr anmutiges und immer wohlwollendes Lächeln und schnelles Erröten stellen die Schönheit beider Geschlechter auf sehr ungleiche Waage – es gibt nämlich fast keinen Mann, den man als solchen wirklich schön nennen könnte, während unter zwanzig Mädchen wenigstens fünfzehn als hübsch auffallen, und zwar in dem etwas faden, aber doch lieblichen Geschmacke der englischen Kupferstiche. – Die weibliche Landestracht ist mehr wohlhäbig als wohlstehend, recht viele Tuchröcke mit dicken Falten, recht schwere Goldhauben und Silberkreuze an schwarzem Sammetbande und bei den Ehefrauen Stirnbinden von möglichst breiter Spitze bezeichnen hier den Grad des Wohlstandes, da selten jemand in den Laden geht ohne die nötigen blanken Taler in der Hand, und noch seltner durch Putzsucht das richtige Verhältnis zwischen der Kleidung und dem ungeschnittenen Leinen und andern häuslichen Schätzen gestört wird. – Der Hausstand in den zumeist vereinzelt liegenden Bauernhöfen ist groß, und in jedem Betracht reichlich, aber durchaus bäurisch. – Das lange Gebäude von Ziegelsteinen, mit tief niederragendem Dache und von der Tenne durchschnitten, an der zu beiden Seiten eine lange Reihe Hornvieh ostfriesischer Rasse mit ihren Ketten klirrt, – die große Küche, hell und sauber, mit gewaltigem Kamine, unter dem sich das ganze Hauspersonale bergen kann; – das viele zur Schau gestellte blanke Geschirr und die absichtlich an den Wänden der Fremdenstube aufgetürmten Flachsvorräte erinnern ebenfalls an Holland, dem sich überhaupt diese Provinz, was Wohlstand und Lebensweise betrifft, bedeutend nähert, obwohl Abgeschlossenheit und gänzlich auf den innern Verkehr beschränktes Wirken ihre Bevölkerung von all den sittlichen Einflüssen, denen handelnde Nationen nicht entgehen können, so frei gehalten haben wie kaum einen andern Landstrich. Ob starke Reibungen mit der Außenwelt dem Münsterländer den Mut und die Betriebsamkeit des Batavers, ein patriarchalisches Leben diesem die Sitteneinfalt und Milde des Münsterländers geben könnten, müssen wir dahingestellt sein lassen, bezweifeln es aber – jetzt mindestens sind sie sich in den Zügen, die man als die nationellsten beider anzuführen pflegt, fast feindlich entgegengesetzt und verachten sich auch gegenseitig, wie es Nachbarn zukömmt.

## Johanna Schopenhauer

### Jugendleben und Wanderbilder

An schönen Sommerabenden, wenn die nur eben noch über dem Horizont schwebende Sonne zur guten Nacht die Erde noch einmal anlächelt wie eine Mutter ihr entschlummerndes Kind, dann zeigt sich rings umher, im Widerschein ihrer scheidenden Strahlen, soweit das Auge nur reicht, alles in überirdischer Klarheit. Die weiteste Ferne ist uns näher gerückt, unverschleiert tritt sie in der nebelfreien Luft uns entgegen, und Gegenstände, an denen wir in der Frühe des tauigen Morgens vorübereilten, die wir später in den zitternden Dünsten, welche in der Hitze der Mittagsstunden der Erde entqualmen, völlig aus den Augen verloren, werden uns wieder sichtbar.

So ist es auch am Abend unseres Lebens, wenn die Sonne desselben ihre letzten Strahlen ausspendet; die meinige neigt sehr merklich dem Untergange sich zu, und indem ich von ihr umleuchtet den Blick noch einmal dem weit hinter mir liegenden Aufgange zuwende, drängt ein buntes Gewimmel der mannigfaltigsten Erscheinungen sich mir entgegen, die ich mit wenigen Strichen leichthin zu skizzieren versuchen will, ehe es ganz dunkel wird.

Ein großer Vorzug, der auch mir ward und den man, wie jeden, mit dem die Natur uns freigebig beschenkte, gewöhnlich sehr spät erst erkannt, ist der, am Ufer des Meeres, im Angesicht desselben, möchte ich sagen, das Tageslicht zuerst zu erblicken. Wie oft habe ich es späterhin im Binnenlande sehnsüchtig empfunden, wenn abends ein dunkelblauer, am flachen Horizont sich hinziehender Streifen mit lieber Illusion mich täuschte.

Was dem Schweizer seine Alpen mit ihrem würzigen Kräuterduft, das ist uns, am Ufer des Meeres Gebornen, sein frischer Hauch, der Anblick der ewig bewegten, unabsehbaren Fläche, das nie verhallende Gebrause seiner Wogen; entfernt vom Meer werden wir die Sehnsucht danach niemals los. Kein Strom der Welt, nicht der Rhein mit seinen paradiesisch schönen Ufern, nicht die Donau, sogar nicht die Elbe und die Themse mit ihren großen, prächtig einher segelnden Seeschiffen und dem zum Himmel aufstarrenden Walde von Masten in ihren Häfen, vermag uns Ersatz dafür zu bieten.

Dass es Leute geben könne, welche die See nie gesehen, kam als Kind mir ganz fabelhaft vor. Späterhin fühlte ich wahres Mitleid mit den Berlinern und andern Fremden, die, zur großen, vier Wochen währenden Dominiksmesse nach Danzig gekommen, meine Eltern besuchten. Spätabends stand ich, wenn im Hause alles stille war, am Fenster auf dem Gange und lauschte mit einem ganz unaussprechlichen Gefühl auf die feierliche eintönige Melodie des bei gänzlicher Windstille aus den tiefsten Tiefen der spiegelglatten See zuweilen aufsteigenden Gebrauses, dieses Aufatmens der nächtlich ruhenden Natur.

Morgen gibt es schön Wetter, die See raart, sprach dann wohl Adam oder wer sonst von unsern Leuten an mir vorüberging, die See raart! Mir grauste ein wenig bei dem wunderlichen Wort, aber doch blieb ich an meinem Fenster.

Wie gern möchte ich nur noch einmal die See raaren hören! von so manchem, das mir lieb war, bin ich jetzt unwiederbringlich geschieden, und weiß es; doch von dem Gedanken, dass mir so gar keine Hoffnung geblieben, jemals das Meer wiederzusehen, wende ich immer mich ab.

## Theodor Storm

### Westermühlen

Die Heimat hier und hier dein erster Traum!
Das Mühlrad rauscht, so lustig stäubt der Schaum,
Und unten blinkt der Bach in tiefem Schweigen,
Ein Spiegelgrund, drin blau der Himmel ruht.
Vom Ufer rings mit ihren dunklen Zweigen
Taucht sich die Erle in die klare Flut.
Horch, Peitschenknall und muntrer Pferdetrab!
Die Räder knirschen durch den feuchten Sand.
Halt an, halt an! Nun sacht den Berg hinab
Und durch den Bach zum andern Uferrand.
Dann wieder aufwärts links den Weg entlang
Hinauf zur Mühle mit des Kornes Last,
Wo von der Eiche unermüdlich klang
Der Stare fröhlich Plaudern hoch vom Ast.
Zehn Schritte noch, da steht im Schattengrunde
Der Linden halbversteckt das Müllerhaus;
Der Müller mit der Tabakspfeif' im Munde
Lehnt in der Tür und schaut behaglich aus.

**Johann Meyer**

## Kennst du dat Land?

Kennst du dat Land
An'n Holstenstrand,
Vun'n Elvstrom bit de Eiderkant?
Wo wit de See, bald lud, bald sacht,
Sick vör di dehnt in all ehr Pracht?
Wo ruscht dat Reth und singt de Swan,
Wo Segel swevt op blaue Bahn?
Dat smucke Land
An'n Holstenstrand,
Dat is min Heimatland!

Kennst du dat Land
An'n Holstenstrand,
So lütt – un doch so weltbekannt?
Versteken achter Dik un Damm?
Mit Hemmingstedt un mit de Hamm?
Wo Hunnert gegen Dusend sla'n?
Wo Graf un Fürsten ünnergahn?
Dat lüttje Land
An'n Holstenstrand,
Dat is min Heimatland!

Kennst du dat Land
An'n Holstenstrand,
Vun Segen rik ut Gottes Hand?
Wo lustig twischen Heck un Dorn
De Wischen grönt un brust dat Korn?
Wo Lurken singt? – wo blöht dat Saat?
Un wo in'n Wold de Eeken staht?
Dat schöne Land
An'n Holstenstrand,
Dat is min Heimatland!

Kennst du dat Land
An'n Holstenstrand?
Ick füll min Glas bit hoch an'n Rand!
Und för min best un leevstes Gut
Drink ick den letzten Drüppen ut!
Gott's Segen denn veel dusend mal
Daröwer hin! – darop hin! –
Hurah! min Land
An'n Holstenstrand!
Hurah! min Heimatland!

**Ludwig Bechstein**

## **Auf dem Rhein**

Ich grüße dich, o Vater Rhein
Im hellen goldnen Sonnenschein!
Im leichten Kahn, von Lust gewiegt,
Trägt deine Welle mich vergnügt.
Ein Wunder scheint mir's fast zu sein,
O Vater, Vater Rhein!

Wie bunt um mich das Leben lacht!
Belebt es deine Zaubermacht?
So lange sehnt' ich mich nach dir,
Nun bin ich endlich, endlich hier,
Und schiff' auf dir und trinke Wein!
O Vater, Vater Rhein!

Die Sonne neigt sich schon zur Ruh'!
Wie schön, o Strom, wie schön bist du!
Die grüne Woge, golddurchglüht,
Wird Feuer, wie sie aufwärts sprüht;
Und Zauberfarben schmelzen drein.
O Vater, Vater Rhein!

Die fernen Bergeshäupter glüh'n
Wie roter Wein und wie Rubin!
In Duft verdämmert alles Land
Und bleiche Nebel ziehn am Strand;
Du glühst im Himmelswiederschein,
O Vater, Vater Rhein!

Die Flasche, die so hell, so klar,
Die voll vom Rebengolde war,
Sei als ein Opfer dir geschenkt,
Sei tief in deinen Schoß versenkt.
Mein Name d'rin, gedenke mein!
O Vater, Vater Rhein!

**Friedrich Richter**

## Am Neckar

Am Neckar, am Neckar,
do isch e Jedes gern;
wer d'Heimat hat am Neckar,
der sehnt se net in d'Fern, juche!
la la la la la la la la la,
der sehnt se net in d'Fern!

Am Neckar, am Neckar,
do grünt und blüht es fei,
juche, am liebe Neckar,
do wachst e guter Wei, juche!
la la la la la la la la la,
do wachst e guter Wei.

Am Neckar, am Neckar,
der Vogel fliegt und singt;
er badet sich im Neckar,
sei Liedle net verklingt, juche!
la la la la la la la la la,
sei Liedle net verklingt.

Am Neckar, am Neckar,
bleib i mei ganze Zeit,
und wo n'er rauscht, der Neckar,
sei au mei Grab net weit, juche!
la la la la la la la la la,
sei au mei Grab net weit.

**Franz Kugler**

## An der Saale hellem Strande

An der Saale hellem Strande
Stehen Burgen stolz und kühn.
Ihre Dächer sind gefallen,
Und der Wind streicht durch die Hallen,
Wolken ziehen drüber hin.

Zwar die Ritter sind verschwunden,
Nimmer klingen Speer und Schild;
Doch dem Wandersmann erscheinen
In den altbemoosten Steinen
Oft Gestalten zart und mild.

Droben winken holde Augen,
Freundlich lacht manch roter Mund.
Wandrer schauet in die Ferne,
Schaut in holder Augen Sterne,
Herz ist heiter und gesund.

Und der Wandrer zieht von dannen,
Denn die Trennungsstunde ruft;
Und er singet Abschiedslieder,
Lebewohl tönt ihm hernieder,
Tücher wehen in der Luft.

## Heinrich Heine

### In der Fremde

I.

Es treibt dich fort von Ort zu Ort,
Du weißt nicht mal warum;
Im Winde klingt ein sanftes Wort,
Schaust dich verwundert um.

Die Liebe, die dahinten blieb,
Sie ruft dich sanft zurück:
O komm zurück, ich hab' dich lieb,
Du bist mein einz'ges Glück!

Doch weiter, weiter, sonder Rast,
Du darfst nicht stille stehn.
Was du so sehr geliebet hast
Sollst du nicht wiedersehn.

II.

Du bist ja heut so grambefangen,
Wie ich dich lange nicht geschaut!
Es perlet still von deinen Wangen,
Und deine Seufzer werden laut.

Denkst du der Heimat, die so ferne,
So nebelferne dir verschwand?
Gestehe mir's, du wärest gerne
Manchmal im teuren Vaterland.

Denkst du der Dame, die so niedlich
Mit kleinem Zürnen dich ergötzt?
Oft zürntest du, dann ward sie friedlich,
Und immer lachtet ihr zuletzt.

Denkst du der Freunde, die da sanken
An deine Brust in großer Stund?
Im Herzen stürmten die Gedanken,
Jedoch verschwiegen blieb der Mund.

Denkst du der Mutter und der Schwester?
Mit beiden standest du ja gut.
Ich glaube gar, es schmilzt, mein Bester,
In deiner Brust der wilde Mut!

Denkst du der Vögel und der Bäume
Des schönen Gartens, wo du oft
Geträumt der Liebe junge Träume,
Wo du gezagt, wo du gehofft?

Es ist schon spät. Die Nacht ist helle,
Trübhell gefärbt vom feuchten Schnee.
Ankleiden muss ich mich nun schnelle
Und in Gesellschaft gehn. O weh!

III.

Ich hatte einst ein schönes Vaterland.
Der Eichenbaum
Wuchs dort so hoch, die Veilchen nickten sanft.
Es war ein Traum.

Das küsste mich auf Deutsch und sprach auf Deutsch
(Man glaubt es kaum
Wie gut es klang) das Wort: »ich liebe dich!«
Es war ein Traum.

**Ferdinand Freiligrath**

## Die Auswanderer

Ich kann den Blick nicht von euch wenden;
Ich muss euch anschaun immerdar:
Wie reicht ihr mit geschäft'gen Händen
Dem Schiffer eure Habe dar!

Ihr Männer, die ihr von dem Nacken
Die Körbe langt, mit Brot beschwert,
Das ihr aus deutschem Korn gebacken,
Geröstet habt auf deutschem Herd;

Und ihr, im Schmuck der langen Zöpfe,
Ihr Schwarzwaldmädchen, braun und schlank,
Wie sorgsam stellt ihr Krüg' und Töpfe
Auf der Schaluppe grüne Bank!

Das sind dieselben Töpf' und Krüge,
Oft an der Heimat Born gefüllt!
Wenn am Missouri alles schwiege
*Sie* malten euch der Heimat Bild:

Des Dorfes steingefasste Quelle,
Zu der ihr schöpfend euch gebückt,
Des Herdes traute Feuerstelle,
Das Wandgesims, das sie geschmückt

Bald zieren sie im fernen Westen
Des leichten Bretterhauses Wand;
Bald reicht sie müden braunen Gästen,
Voll frischen Trunkes, eure Hand.

Es trinkt daraus der Tscherokese,
Ermattet, von der Jagd bestaubt;
Nicht mehr von deutscher Rebenlese
Tragt ihr sie heim, mit Grün belaubt.

O sprecht! warum zogt ihr von dannen?
Das Neckartal hat Wein und Korn;
Der Schwarzwald steht voll finstrer Tannen,
Im Spessart klingt des Älplers Horn.

Wie wird es in den fremden Wäldern
Euch nach der Heimatberge Grün,
Nach Deutschlands gelben Weizenfeldern,
Nach seinen Rebenhügeln ziehn!

Wie wird das Bild der alten Tage
Durch eure Träume glänzend wehn!
Gleich einer stillen, frommen Sage
Wird es euch vor der Seele stehn.

Der Bootsmann winkt! – Zieht hin in Frieden:
Gott schütz' euch, Mann und Weib und Greis!
Sei Freude eurer Brust beschieden,
Und euren Feldern Reis und Mais!

*Anm.: Der Tscherokese ist ein amerikanischer Ureinwohner vom Stamm der Cherokee.*

## Hedwig Lachmann

### Auswanderer

Sie nehmen ihre Kinder an der Hand
Und ziehen fort; es duldet sie kein Land.

Grenzwächter sind auf ihren Weg gestellt,
Wie wenn ein Hund am Tor die Wache hält.

Sind überm Meer noch ein paar Ackerbreit,
Worauf nicht Gras noch Futterkorn gedeiht?

Sanddünen, die kein Sämann noch bewarf,
Dass dort ein Bettelvolk verhungern darf?

Der Bauch der Schiffe nimmt sie endlich auf,
Zum Ballast hingeworfen, Hauf um Hauf.

Und setzt sie an den fernen Küsten aus
Wie Findlingskinder vor ein fremdes Haus.

## Heinrich Heine

### Die Nordsee

Die Eingeborenen [von Norderney] sind meistens blutarm und leben vom Fischfang, der erst im nächsten Monat, im Oktober, bei stürmischem Wetter, seinen Anfang nimmt. Viele dieser Insulaner dienen auch als Matrosen auf fremden Kauffahrteischiffen und bleiben jahrelang vom Hause entfernt, ohne ihren Angehörigen irgendeine Nachricht von sich zukommen zu lassen. Nicht selten finden sie den Tod auf dem Wasser. Ich habe einige arme Weiber auf der Insel gefunden, deren ganze männliche Familie solcherweise umgekommen; was sich leicht ereignet, da der Vater mit seinen Söhnen gewöhnlich auf demselben Schiffe zur See fährt.

Das Seefahren hat für diese Menschen einen großen Reiz; und dennoch, glaube ich, daheim ist ihnen allen am wohlsten zumute. Sind sie auch auf ihren Schiffen sogar nach jenen südlichen Ländern gekommen, wo die Sonne blühender und der Mond romantischer leuchtet, so können doch alle Blumen dort nicht den Leck ihres Herzens stopfen, und mitten in der duftigen Heimat des Frühlings sehnen sie sich wieder zurück nach ihrer Sandinsel, nach ihren kleinen Hütten, nach dem flackernden Herde, wo die Ihrigen, wohlverwahrt in wollenen Jacken, herumkauern und einen Tee trinken, der sich von gekochtem Seewasser nur durch den Namen unterscheidet, und eine Sprache schwatzen, wovon kaum begreiflich scheint, wie es ihnen selber möglich ist, sie zu verstehen.

Was diese Menschen so fest und genügsam zusammenhält,

ist nicht so sehr das innig mystische Gefühl der Liebe, als vielmehr die Gewohnheit, das naturgemäße Ineinander-Hinüberleben, die gemeinschaftliche Unmittelbarkeit. Gleiche Geisteshöhe, oder, besser gesagt, Geistesniedrigkeit, daher gleiche Bedürfnisse und gleiches Streben; gleiche Erfahrungen und Gesinnungen, daher leichtes Verständnis untereinander; und sie sitzen verträglich am Feuer in den kleinen Hütten, rücken zusammen, wenn es kalt wird, an den Augen sehen sie sich ab, was sie denken, die Worte lesen sie sich von den Lippen, ehe sie gesprochen worden, alle gemeinsamen Lebensbeziehungen sind ihnen im Gedächtnisse, und durch einen einzigen Laut, eine einzige Miene, eine einzige stumme Bewegung erregen sie untereinander so viel Lachen, oder Weinen, oder Andacht, wie wir bei unseresgleichen erst durch lange Expositionen, Expektorationen und Deklamationen hervorbringen können. Denn wir leben im Grunde geistig einsam, durch eine besondere Erziehungsmethode oder zufällig gewählte, besondere Lektüre hat jeder von uns eine verschiedene Charakterrichtung empfangen, jeder von uns, geistig verlarvt, denkt, fühlt und strebt anders als die andern, und des Missverständnisses wird so viel, und selbst in weiten Häusern wird das Zusammenleben so schwer, und wir sind überall beengt, überall fremd, und überall in der Fremde. ...

Gar besonders wunderbar wird mir zumute, wenn ich allein in der Dämmerung am Strande wandle – hinter mir flache Dünen, vor mir das wogende, unermessliche Meer, über mir der Himmel wie eine riesige Kristallkuppel – ich erscheine mir dann selbst sehr ameisenklein, und dennoch dehnt sich meine Seele so weltenweit. Die hohe Einfachheit der Natur, wie sie mich hier umgibt, zähmt und erhebt mich zu gleicher Zeit, und zwar in stärkerem Grade als jemals eine andere erhabene Umgebung. Nie war mir ein Dom groß genug; meine Seele mit ihrem alten Titanengebet strebte immer höher als die gotischen Pfeiler, und wollte immer hinausbrechen durch das Dach. Auf der Spitze der Rosstrappe haben mir, beim ersten Anblick, die kolossalen Felsen, in ihren kühnen Gruppierungen, ziemlich imponiert; aber dieser Eindruck dauerte nicht lange, meine Seele war nur überrascht, nicht überwältigt, und jene ungeheure Steinmassen wurden in meinen Augen allmählich kleiner, und am Ende erschienen sie mir nur wie geringe Trümmer eines zerschlagenen Riesenpalastes, worin sich meine Seele vielleicht komfortabel befunden hätte. Mag es immerhin lächerlich klingen, ich kann es dennoch nicht verhehlen, das Missverhältnis zwischen Körper und Seele quält mich einigermaßen, und hier am Meere, in großartiger Naturumgebung, wird es mir zuweilen recht deutlich.

## Theodor Fontane

### Die Ruppiner Schweiz

Die Schweize werden immer kleiner, und so gibt es nicht bloß mehr eine *Märkische*, sondern bereits auch eine *Ruppiner* Schweiz, der es übrigens, wenn man ein freundlich-aufmerksames Auge mitbringt, weder an Schönheit noch an unterscheidenden Zügen fehlt. Sie besitzt beides in ihrem Wasserreichtum. Während Freienwalde dieses Schmuckes beinah völlig entbehrt und Buckow, den großen See zu seinen Füßen abgerechnet, nur zwei kleine Edelsteine von allerdings reinstem Wasser aufweist, sind Fluss und See das eigentliche Lebenselement der Ruppiner Schweiz.

Der Fluss ist der Rhin. Er kommt von Rheinsberg (Rhinsberg) her, bildet zunächst eine ganze Reihe von Wasserbecken und gibt erst an der Südspitze des Molchow-Sees seine Hügelheimat auf, um in das »Schwäbische Meer« dieser Gegenden, in den Ruppiner See, einzutreten. Hier streift er, wie sein berühmter hochdeutscher Namensvetter, der Rhein, den Rest seiner schäumenden Jugend ab, und ruhig geworden bis zum Stillstand, windet er sich, von nun an, nur noch durch Lücher und Brücher hin, die den Namen Linum als Mittelpunkt haben. In Poesie geboren, fällt ihm zu guter Letzt das Los zu, den *Torfkahn* auf seinem Rücken zu tragen.

Aber wenn dieser, wie nicht bestritten werden soll, zum prosaischen Genossen seiner reiferen Jahre wird, so sind *Förstereien* und *Wassermühlen* die Gefährten seiner Jugend, und überall da, wo sein Wasser noch über ein Wehr fällt oder hochaufgeschichtete Bretterbohlen an seinen Ufern liegen, da sind auch die Stätten seiner Schönheit. Jede dieser Stätten, zwischen zwei Seen gelegen, dürfte die Hand nach dem stolzen Namen »Interlaken« ausstrecken, aber im Bewusstsein eignen Wertes verschmähen sie's, mit vornehmen Anklängen zu prunken, und geben sich lieber, ohne jegliche Prätension und nur auf sich selber gestellt, als Rottstiel und Pfefferteich, als Boltenmühle und Kunsterspring. Und wie sie selber auf alles klug verzichten, was zur Quelle lästiger Vergleiche nach außen hin werden könnte, so verzichten *wir* darauf, ihren Preis und Wert untereinander festzustellen. Denn wie unter schönen Schwestern die Streitfrage nie gelöst wird, »wer eigentlich die schönere oder die schönste sei«, weil es heute diese ist und morgen jene, je nach der Kleidfarbe, die sie tragen, oder nach dem Bande, das zufällig an ihrem Hute flattert, so ist auch hier die Frage nach der größeren Schönheit eine bloße Frage der Beleuchtung, der Stimmung, des zufälligen Schmuckes. Wenn heute Boltenmühle in Malven siegt, so siegt morgen Kunsterspring in roten Ebereschen, und ein helleres oder dunkleres Abendrot, ein schmaleres oder breiteres Band, das der Regenbogen über die Landschaft spannt, entscheidet darüber, ob Rottstiel über Pfefferteich oder Pfefferteich über Rottstiel triumphiert. …

Ausgestreckt am Hügelabhang, den Wald zu Häupten, den See zu Füßen, so träumst du hier, bis die wachsende Stille dich erschreckt. Mit angespannten Sinnen lauschest du, ob nicht doch vielleicht ein Laut zu dir herüberklinge, und endlich hörst du die Rätselmusik der Einsamkeit. Der See liegt glatt und sonnenbeschienen vor dir, aber es ruft aus ihm, die Bäume rühren sich nicht, aber es zieht durch sie hin, aus dem Walde klingt es, als würden Geigen gestrichen, und nun schweigt es, und ein fernes, fernes Läuten beginnt. Ist es Täuschung, oder ist es mehr? Ein wachsendes Bangen kommt über dich, bis plötzlich das Klappern der Mühle wieder anhebt und der schrille Ton der Säge den Mittagszauber zerreißt.

Wer will sagen, wenn er die Ruppiner Schweiz durchwandert, wo ihr Zauber am mächtigsten wirkt.

Und fragst du *doch*: »Den *vollsten* Reiz,
Wo birgt ihn die Ruppiner Schweiz?
Ist's norderwärts in Rheinsbergs Näh?
Ist's süderwärts am Molchow-See?
Ist's Rottstiel tief im Grunde kühl?
Ist's Kunsterspring, ist's Boltenmühl?
Ist's Boltenmühl, ist's Kunsterspring?
Birgt Pfefferteich den Zauberring?
Ist's Binenwalde?« – Nein, o nein,
Wohin du kommst, da wird es sein,
An jeder Stelle gleichen Reiz
Erschließt dir die Ruppiner Schweiz.

## Karl Emil Franzos

## Aus Anhalt und Thüringen

Alljährlich, wenn die Tage länger und heißer werden, fasst mich ein Gefühl, aus brennender Sehnsucht und behaglicher Neugier gemischt, das mich nie verlässt; es folgt mir bis in den tiefsten Traum. Wer ein Landkind ist wie ich, sehnt sich sein Leben lang, kaum dass der Winter vorbei ist, nach grünen, rauschenden Bäumen, nach Kühle und Stille, und hat er den höchst nervenstärkenden Beruf, Schriftsteller und Redakteur zu sein, so rüttelt ihn dies Sehnen in der qualmenden Stadt endlich wie ein Fieber. Aber tröstlich mischt sich in diese Qual die fröhliche Neugier: Wohin nun eigentlich? Mein Plan bei meinen Erholungsreisen ist immer, keinen zu haben. Als ich noch jung war und das Recht meiner Jahre auf Torheit redlich benützte, bin ich nach genau demselben Plan vier Jahre lang von Land zu Land gefahren, immer bereit, zu bleiben oder zu gehen, wie mein ungestümes Herz wollte. Das ist nun über zwanzig Jahre her; ich bin zahm und sesshaft geworden, trage die Fron täglicher Pflichten und mache auch sehr verständige Pflichtreisen mit Rundreisekarte und auf Tag und Stunde vorgeschriebenem Plan, o ja! wenn's sein muss. Aber im Sommer muss es nicht sein; da darf ich's treiben wie in den jungen Tagen. Ich mache mir keinen Plan, dessen Knecht ich dann bin, nehme mir nichts vor und versäume daher nichts, weiß am Morgen nie, wo ich am Abend sein werde, und lasse mich vom Augenblick tragen wie der Fisch von der Welle. Darüber werden die klugen, zielbewussten Leute, die acht Monate an dem Plan ihrer vierwöchigen Reise arbeiten, sicherlich lächeln, und mit Recht – aber, du lieber Himmel, das ganze bisschen Leben und Lebensglück vergeht uns ja in der klugen Jagd nach bestimmten Zielen – sollte man da nicht mindestens in seinem Vergnügen töricht sein dürfen? Auch ist es eine sehr angenehme Torheit: wenn ich so, nachdem der Koffer gepackt ist, die Landkarte vor mir ausbreite und mein Blick über die bunten Linien schweift, dann ergreift mich ein Gefühl, das ich nicht in Worte fassen kann, das mir um keine Weisheit der Welt feil wäre: da liegt die schöne Erde selbst vor mir ausgebreitet; die Flüsse rauschen, die Wälder flüstern, die Seen blinken zu mir empor, und die Wahrzeichen der Städte heben grüßend ihr Haupt – und dies alles ist mein; ich werde davon sehen und genießen dürfen, was mir beliebt ... Und weil schließlich alles schön ist, für das Auge fast und in der Erinnerung gar ganz gleich schön, darum weiß ich, wenn ich abreise, höchstens die Himmelsrichtung, und auch die nur, weil es des Bahnhofs wegen sein muss.

Diesmal also wollte ich nach Westen, zunächst nach Frankfurt und dann in die Schweiz oder weiß Gott wohin, und mit diesem Gedanken ging ich vorgestern Abend zu Bette, fröhlich wie ein Schneidergesell, der sich auf den morgigen Sonntag freut. Aber war's die Hitze oder die Freude, ich konnte nicht schlafen und holte daher aus der Handtasche eines der Bücher heraus, die ich mir als Reisebegleiter gewählt hatte: Goethes Briefe an Frau von Stein. Und da fiel mein Auge auf die Briefstelle aus Wörlitz, 14. Mai 1778: »Hier ist's jetzt unendlich schön ... Es ist, wenn man so durchzieht, wie ein Märchen, das einem vorgetragen wird, und hat ganz den Charakter der elysäischen Felder; in der sachten Mannigfaltigkeit fließt eins ins andere; keine Höhe zieht das Auge und das Verlangen an einen einzigen Punkt; man streicht herum, ohne zu fragen, wo man ausgegangen ist und hinkommt …«

Wörlitz? Und so schön ist's dort? Wo ist Wörlitz? Offenbar bei Dessau; Goethe war ja dort der Gast des Fürsten Franz von Anhalt-Dessau. Aber das ist ja so nahe bei Berlin; das kann man von Berlin aus haben. Nein, morgen bis Frankfurt. Und mit diesem Gedanken schlief ich ein.

Anders gestern Morgen, als ich zum Bahnhof Zoologischer Garten fuhr. Freilich, dachte ich, ist Wörlitz nahe bei Berlin und schön und eigentümlich wie manches andere, wie zum Beispiel der Spreewald, den du noch nicht kennst, eben weil du immer denkst: Also nächstens! Mit Wörlitz soll's dir nicht so gehen. Und ich nahm meine Karte nur bis Güterglück.

Mit mir fuhr ein junges Ehepaar, das ich von irgendeinem Diner her kannte; es wollte nach Rippoldsau und malte mir die Reize des dortigen Kurhotels enthusiastisch aus. »Das teuerste Haus in Deutschland!«, rief er begeistert. »Und diese Toiletten!«, flüsterte sie. »Mindestens dreimal täglich muss man sich umkleiden!« Nun wieder er: »Kein Mann unter fünfzig Mille Einkommen!« Dann klagten beide über ihre Nerven; darum wollten sie von Rippoldsau nach St. Moritz und schließlich nach Scheveningen. O der Blick, mit dem sie mich maßen, als ich ihnen sagte, dass ich zunächst nur nach Wörlitz wollte! Und mit solchen Leuten kommt man bei Berliner Diners zusammen, dachten sie. Ich auch.

In Güterglück – wie sich nur der seltsame, freundliche Name erklären mag? – musste ich über eine Stunde auf den Magdeburg-Leipziger Zug warten, der mich nach Dessau bringen sollte, und das war keine verlorene Zeit. Denn ich bin dadurch zu zwei stillbehaglichen Tagen in einer hübschen alten Stadt gekommen, an der ich sonst gewiss, gleich den meisten, vorbeigefahren wäre. Das aber kam so.

Als ich in der Bahnhofswirtschaft mein Bier trank, tat neben mir ein dicker alter Mann das gleiche; jeder Zoll ein Schlächtermeister, dachte ich im Stillen, und richtig fragte er die Wirtin, ob sie Brägenwurst gebrauchen könne, »echte Zerbster Brägenwurst mit Zwiebeln«. Sie lehnte ab, und das verdross ihn. »Den Magdeburgern, den Leipzigern«, sagte er mir, »läuft das Wasser im Mund zusammen, wenn sie von Zerbster Brägenwurst hören, und in Güterglück mag man sie nicht! Was soll man dazu sagen?!« Da ich auch nicht wusste, was man dazu sagen sollte, so schwieg ich. »Haben Sie schon unsere Wurst gegessen?«, fragte er weiter. »Ich erinnere mich nicht«, sagte ich schüchtern. »Die Wurst vergisst man nicht!«, rief er. »Schon wegen der Zwiebeln. Dann haben Sie vielleicht gar auch noch kein Zerbster Bitterbier getrunken?« Ich schüttelte den Kopf. »Sie kennen ja die besten Sachen nicht«, sagte er mitleidig, »fahren Sie nach Zerbst und tun Sie sich's an! Die schönste Stadt! Und morgen ist auch Königs-Vogelschießen auf der Schützenwiese.« – »Was gibt's denn sonst dort zu sehen?« – »Ein Kriegerdenkmal haben wir und die Butterjungfer aus Gold und eine Pferdebahn und alte Sachen. Und dann ist ja doch von uns die große Kathrin her, die sich dann mit mindestens dreißig Männern nacheinander hat trauen lassen. Im Schloss sind Bilder von ihr und ihre Wiege und so Zeugs.« – »Welche Kathrin?« Aber da fiel's mir bei: richtig, Katharina II. war ja eine Prinzess von Anhalt-Zerbst! Brägenwurst und Bitterbier, Vogelschießen, Pferdebahn und Kriegerdenkmal hätten mich kalt gelassen, und was die goldene Butterjungfer sein sollte, wusste ich nicht, aber die Andenken an die große Kaiserin lockten mich, und um keinen Preis hätte ich den eifrigen und ohnehin gekränkten Lokalpatrioten darüber aufklären mögen, dass es zwar mit den mindestens dreißig Männern seine Richtigkeit hatte, aber mit den Trauungen nicht. Noch ein Blick in den Baedeker, und als ich dort las: »… noch von Mauern, Türmen und Graben umgeben«, da sagte ich: »Ich will hin.« Der Schlächtermeister lächelte mit Mund und Backen und allen vier Unterkinnen. »So ist's recht! Ich selbst muss nach Magdeburg, aber meine Würste treffen Sie überall! … Was sind Sie denn?« – »Schriftsteller.« – »Also beim Gericht«, sagte er (er hatte offenbar von Schriftsätzen gehört). »Dann gehen Sie zu Schulzen gegenüber der Nikolaikirche, hinter dem Rathaus.« Ihm pfiff sein Zug nach Magdeburg, ich aber stieg eine halbe Stunde später in Zerbst aus.

Die Wahrheit zu sagen, der Anfang war nicht ermutigend. Außer mir stieg niemand aus, und als ich aus dem Bahnhof trat, lag in der prallen Sonnenglut ein von grünen Büschen umrahmter kleiner Platz vor mir; in der Ferne tauchten hinter dem Buschwerk Häuser auf, und etwas näher, in einer Ecke des Platzes, stand ein kleiner Pferdebahnwagen mit einem Ross davor, das melancholisch in der grausamen Hitze Schwanz und Ohren hängen ließ. Aber ein Kutscher war weit und breit nicht zu sehen. Minute um Minute verstrich, rings kein Laut, nur heiße, brütende Stille. Das war ja nun allerdings eine Sehenswürdigkeit, diese Pferdebahn.

Aber dann kam Leben in die Sache. Aus der Bahnhofswirtschaft trat der Kutscher, wischte sich den Mund und fragte: »Machen Sie vielleicht mit hinein? Dann geht's los!« Er schaffte mein Gepäck in den Wagen, und nun ging's wirklich los, aber sachte; ohne jede Übereilung rollten wir der Stadt zu. Zunächst breite, gerade Straßen mit kleinen, modernen, freundlichen Villenhäusern; dann jenseit eines kleinen Brückleins, unter dem ein Bächlein dahinschlich, eine hohe, graue Mauer. Aber sieh – jählings, als wär's nicht mehr dieselbe Stadt, rücken nun die Häuser enger zusammen, dass das Wägelchen fast den ganzen kleinen Raum zwischen den Bürgersteigen einnimmt, und diese Häuser sind alte heimelige Giebelhäuser, und die Leute rechts und links bleiben stehen und gucken neugierig den Fremden an. Nun gar ein Prachtstück: ein uralter, riesiger, freistehender Glockenturm, dann immer stattlichere Häuser aus dem 16., höchstens 17. Jahrhundert. Endlich aber als Schönstes der Marktplatz: das prächtige, dreigiebelige Rathaus mit der Rolandsäule davor, aber auch sonst fast jedes Haus mit einem Wahrzeichen geschmückt und selbst ein stattliches, wohlerhaltenes Wahrzeichen deutscher Baukunst. »Ja«, sagte der Kutscher stolz, »unser Markt!« Dann begann er sachte mein Gepäck auf das glühende Pflaster abzuladen; flachshaarige Buben und Mädel schlichen neugierig herbei; einige von ihnen teilten sich in mein Gepäck, und hinter ihnen her wandelte ich langsam über den schönen Platz meinem

Gasthof zu. Es lohnt sich zuweilen, dachte ich im Stillen, wenn man unterwegs mit alten Schlächtermeistern redet; aber warum bedurfte es erst dieses Zufalls? Seltsam, diese Stadt und dieser Verkehr!

Das war gestern Mittag mein erster Eindruck, und heute nachmittags, wo ich aus meiner kühlen Stube in dem wohnlichen alten Hause den schönen Platz nochmals übersehe und mich all des Behaglichen und Sehenswerten erinnere, das mir dieser Aufenthalt gebracht hat, kann ich auch nur ähnliches sagen. Ich weiß ja nun: es gibt in Zerbst große Pferde- und andere Märkte, und im Frühling und Herbst kommen die Herren Kommis mit den neuen Mustern und den alten Anekdoten, auch sollen sich die Guts- und Fabrikbesitzer der Nachbarschaft hier oft gütlich tun. Und nicht immer ist's so heiß, dass zur Pferdebahn der Kutscher fehlt. Kurz, ich will meine Erfahrung nicht verallgemeinern, aber warum kommen so wenige nur ihres Pläsiers wegen?

Ja warum? Zerbst ist kein blendendes, bewunderungswürdiges Schaustück, aber in seiner stillen Art ein guter, alter, anheimelnder Raritätenkasten, und auch derlei hat sonst viele Freunde. Hier fehlen sie, weil – aber das weiß ich eben nicht. Freilich, die Notiz im Baedeker ist knapp, und die Stadt hat es noch zu keinem eigenen Führerchen samt Stadtplan gebracht, deren es sonst heute in jedem Nest gibt, aber daran allein kann es nicht liegen. Ich glaube, es ist eben Schicksalssache mit den Städten wie mit den Büchern. Der Ruhm ist nie unverdient, wohl aber zuweilen die Verschollenheit. Was besprochen wird, kennt man, und was man kennt, wird besprochen, und wie sich

Erfolg und Reklame verketten, hat noch niemand ergrübelt. Deshalb leben sie doch in der Stille fort, die guten Bücher und die guten Städte.

**Else Lasker-Schüler**

## Elberfeld im Wuppertal

Wir wohnten am Fuße des Hügels. Steilauf ging's von dort in den Wald. Wer ein rotes, springendes Herz hatte, war in fünf Minuten bei den Beeren. Sonntags kamen ganze Familien vom Berge gestiegen, an unserm Haus vorbei. Die Kinder trugen am Arm kleine Körbe, bis an den Rand gefüllt, aber man sah schon ihren blaugefärbten Mäulchen an, was sie gepflückt hatten zur Beilage der Eierkuchen zum Sonntagabendbrot. Ich bin immer so stolz auf unseren großen Wald gewesen, in den man, ob man's wollte oder nicht, beim Heraufklettern der Sadowastraße hineinblicken musste. An ihrem Fuße lag mein Elternhaus, außerhalb der Stadt, denn erst später wurde unsere Gegend der Westen. Immer strömte aus dem Walde frischer, grüner Atem und kräftigte die Lunge. Und jeder Baum, jeder Strauch, der mir heute begegnet, erinnert mich an unseren Wald, in dessen friedliche Augen ich blickte, lachend als Kind. Wenn die Gewitter kamen von den vier Himmelsrichtungen, die schwarzgezückten Reiter nahten, setzte sich meine teure Mama auf den Balkon, der zwischen Osten und Westen in der Luft frei zu schweben schien. So war's einem. In kleinen Nachen glaubte man zu sitzen zwischen den Luftwellen; das bewog meine kühne Mutter zum Einsteigen. Es blitzte aus vier Wolken. Da in Form einer Zacke, dort im Osten stach ein brennender Dolch in die wogende erregte wolkige Himmelsbrust. Mein Vater erinnerte sich seines ehrwürdigen Großvaters, des weißbärtigen Rabbunis vom Rheinland und von Westfalen. Der betete erschüttert vom ehrwürdigsten Schauspiel der Lüfte, sich besternend vor Jehova. Mein Vater jedoch hatte einfach Sorge für seine Georginen und Stiefmütterchen auf den Beeten unseres Gartens; und vor allen Dingen bangte es ihn um seinen reifenden sauren Kirschbaum und seinen Wunderstrauch. Der trug nämlich zweierlei Früchte auf einmal. Mein Papa hatte die Stachelbeere und die Johannisbeere zusammengebracht, sie beide eingeladen und mit des Gärtners Hilfe die zwei vermählt. Sie wuchsen seitdem einträchtig an einem Zweig und Stängel, worauf mein Vater sehr stolz war, ungefähr wie ein Staatsmann, dem es gelang, Staaten zu vereinigen. Ihm dünkte das jedenfalls ebenso wichtig. Doch am schwersten bewegte ihn die herrliche Trauerrose! Die hing wie aus einem Füllhorn üppig hingegossen auf den eben gestickten zarten Grasteppich. Viele, viele, viele weiße Rosen (ich fand sie gar nicht so traurig aussehend) schimmerten, eine Prachtschleppe gebreitet im Abendrot. Und zu guter Letzt tauchten vor meines Vaters betenden Augen die Gerüste seiner Neubauten auf, die, noch ohne Stein und Mörtel, an die Gerippe erinnerten, an denen das Fleisch und das klebende Blut fehlte.

Nach solch einem starken Gewitter kamen immer Arbeiter gelaufen, die ihm Kunde brachten, das oberste Stockwerk oder ein Dach seiner Dächer wäre auf das Dach eines benachbarten Hauses gestürzt – und mein Vater kam aus den Prozessen nicht heraus, zu denen die Leute der Stadt strömten wie zu einem Lustspiel und die mit einer Einigung endigten. Nicht selten brachte mein Vater die Kläger mit heim. Dann ging das Kneipen los, die Nacht hindurch, vom späten Nachmittag angefangen, hörten wir die Klienten sich zutrinken, sich kugeln vor Lachen, nach jedem Toast, den mein Vater wie kein Mensch auf der Welt zu halten verstand, mit allem Lachgewürz, das in der Speisekammer seines breiten, krachenden Herzens zu finden war. Früh am Morgen erholte sich die Prozessgesellschaft in unserem lieblichen Gärtchen. In meinem Bett weckte mich die choralanschwellende Stimme meines Vaters, die alle anderen Stimmen übertönte, und ich wusste, jetzt machte er die Gäste auf die kristallisierenden Kieselsteinchen, die die Pfade bedeckten, aufmerksam. Für diese Steine, dass sie nur nicht einsinken würden in den Schoß der Erde, hörte ich meinen 12-jährigen schneeweißhaarigen Papa manchmal auch ohne Gewitteranlass zum Herrgott beten. So klein ich auch noch war, es rührte mich doch vorübergehend. Am Sonntag fuhren wir oft in die Umgegend von Elberfeld über die Ronsdorfer Chaussee; zu beiden Seiten herrliche, versunkene Wälder, rechts und links Täler von unsagbarem Glück und schwarzem Glühen. Wir begegneten singenden Handwerksburschen. Wenn sie sehr müde waren, ließen meine Eltern sie auf den Bock steigen. Ich musste dann vom Bock herunter. Meine schönen Schwestern blühten wie Blumen im rosa und blauen Kleide, und meine Brüder, falls sie zu Hause waren aus ihrem Pensionat in St. Goarshausen, marschierten zu Fuß mit ihren Freunden, die stets in meine Schwestern verliebt waren, schon voraus. Ich trug mit Vorliebe rote Kattunkleidchen, ein geschenktes Klümpchen steckte immer versteckt in einem meiner beiden Täschchen. Ich liebte meine Mama inbrünstig, sie war meine Freundin, mein Heiligenbild, meine Stärkung, meine Absolution, mein Kaiser.

Wie sie sah sicherlich Napoleon Bonaparte aus, darum hatte sie auch eine Napoleon-Sammlung. Mein Papa war einer von den Jungens, mit denen ich Räuber und Gendarms spielte. Und seine Autorität bewahrte er sich immer wieder, da er mir nach dem Sturm eines Streites eine Düte Bonbons zu kaufen pflegte. Wir gingen zusammen in den Zirkus, aber wehe, wenn ich lange machte mit dem Anziehen und wir im letzten Moment kamen und ich dann noch dazu »nochmal – musste« – wir die erste Nummer versäumten. Er brummte dann die ganze Vorstellung lang und verfluchte mich.

Für sein Fluchen hatte er schon zu Hause von den Eltern Haue bekommen. Wenn auch die Bauern in Westfalen ihn dafür liebten, wo er geboren wurde als vierter Sohn der 23 Kinder. Mit drei Jahren sprang er schon über die Tierhecken und machte alle Streiche, die man zu machen hat als Junge. Für das Theater in Elberfeld hatte mein Vater ein besonderes Faible. Brachte er zu Tische auch nicht immer Schauspieler nach Hause, so waren es mindestens Kunstreiter. Es musste dann gehext werden, ein, zwei, drei Gänge mehr, und dem August von Renz legte er stets ein Knallbonbon in die Serviette. Mein lieber Vater, meine teure Mutter, in der seltsamen dunklen Arbeiterstadt mit den Tausenden von Schornsteinen über dem Wuppertal in den Rheinlanden! Einsam wandle ich nun durch die engen berückenden Straßen, steige die vielen Hügel hinan, plötzlich steht eine hohe Treppe vor einem, angelangt blickt man in einen Garten voller Veilchen und die wunderbaren lilaen Schaumkrautwiesen! In meinem Heimathause wohnen nun viele Parteien, doch wenn sich das Abendrot, Rubinen des Himmels in seinen Fenstern spiegelt, ist es mir, der Engel Gabriel bewache es ganz allein. Ja, das tröstet mich. Ich lege auf das Grab meiner Mutter ihre Lieblingsblume, das waren Reseden, bringe meinem Vater Veilchen und unter der gebrochenen Säule schläft der jüngste meiner Brüder, ein Heiliger, schön wie Apollon – er starb reinen Herzens. In der Nähe meiner Eltern liegt meine kleine Freundin Hanni begraben. Ich erbte ihre Puppe: Ingeborg. Die hatte blaue Augen wie sie und ein Kettchen um den Hals wie sie. Wenn das große Tor des alten Judenfriedhofes sich hinter mir schließt, ist wieder ein Tag vergangen. Späte Sonne geleitet mich sorgsam die vielen Stufen herab bis in das Innere der lebhaften Stadt Elberfeld.

## Joachim Ringelnatz

### München
(An die Schwiegereltern)

München, bei der echten Frau zu Hause.
Endlich also wieder einmal Ruhepause.
Meine Stübchen, Küche, Bad, Salon,
Meinen Schreibtisch! Meine Blumenwiese
Auf der Brüstung vom Balkon!
Wie ich das genieße!
Ohne jemanden zu bitten oder stören.
Ha!: Ich dürfte ruhig mit Behagen
– weil sie mir gehören –
All die schönen Bilder an der Wand zerschlagen.
Doch ich tu's nicht. Denn wir nießen die
Und das alles ge zu zweit,
Kindlich glückliche und fromme Zeit!
Schöner war es nirgends, wird es nie.
Und wir kochen, spielen Schach und lesen,
Plaudern: wie die Zwischenzeit gewesen,
Ordnen, albern, täubeln. Bis es klingelt. Dann
Sind wir mäuschenstill.
Weil ich all die Leute von X Jahren
Vieler Städte, die mal gütig zu mir waren
Aber alle mal nach München fahren,
Nicht empfangen – oder doch nicht nach Gebühr
behandeln kann.

**Gottfried Weigle**

## Drunten im Unterland

Drunten im Unterland,
da ist's halt fein.
Schlehen im Oberland,
Trauben im Unterland,
drunten im Unterland
möcht' i wohl sein.

Drunten im Neckartal,
da ist's halt gut:
Ist mer's da oben rum
manchmal a no so dumm,
han i doch alleweil
drunten gut's Blut.

Kalt ist's im Oberland,
drunten ist's warm;
oben sind d'Leut so reich,
d'Herzen sind gar net weich,
b'sehn mi net freundlich an,
werden net warm.

Aber da unten rum,
da sind d'Leut arm,
aber so froh und frei
und in der Liebe treu;
drum sind im Unterland
d'Herzen so warm.

## Friedrich Nietzsche

### Menschliches, Allzumenschliches

*Doppelgängerei der Natur.* – In mancher Natur-Gegend entdecken wir uns selber wieder, mit angenehmem Grausen; es ist die schönste Doppelgängerei. – Wie glücklich muss der sein können, welcher jene Empfindung gerade hier hat, in dieser beständigen sonnigen Oktoberluft, in diesem schalkhaft glücklichen Spielen des Windzuges von Früh bis Abend, in dieser reinsten Helle und mäßigsten Kühle, in dem gesammten anmutig ernsten Hügel-, Seen- und Wald-Charakter dieser Hochebene, welche sich ohne Furcht neben die Schrecknisse des ewigen Schnees hingelagert hat, hier, wo Italien und Finnland zum Bunde zusammengekommen sind und die Heimat aller silbernen Farbentöne der Natur zu sein scheint: – wie glücklich der, welcher sagen kann: »es gibt gewiss viel Größeres und Schöneres in der Natur, dies aber ist mir innig und vertraut, blutsverwandt, ja noch mehr.«

**Carl Spitteler**

## Auf dem Felde

Ein reines, ruhiges, seliges Stücklein Leben ließ mich eines Morgens die Güte des Großvaters genießen. Ich danke ihms heute noch. Er nahm mich auf ein Mättelein jenseits der Gestadeckbrücke mit. Dort arbeitete er irgendetwas, einen Korb mit Esswaren neben sich; mich ließ er derweilen im Grase herumstoffeln, wohin ich mochte und konnte. Keine Gefahr, dass ich ihm entlaufe, denn mit meinem Alleingehen sah es noch schwach aus. Das saftige Mättelein behagte mir, es war wie eine Insel abgeschlossen, hinten durch einen Weg, vorn durch ein winziges schmales Bächlein, und hinter dem Bächlein schaute das Städtlein Liestal zu uns herunter. Während ich so zufrieden am Rande des Bächleins nach Neuigkeiten schnupperte, ereignete sich ein wundersames Abenteuer. Ein richtiger, echter, lebendiger Storch gesellte sich zu uns, in meiner nächsten Nähe spazierte er im Grase umher, als ob er zu uns gehörte; ich konnte ihn fast mit den Händen greifen. Es war unaussprechlich schön. Und eine lange, lange Zeit dauerte die Wonne, immer von Neuem blieb er wieder da. Schade, schließlich flog er doch davon, aufs Kirchdach. Und wir reisten nach Hause, in den gemeinen Alltag. Aber unsäglich schön war es gewesen.

Ein anderes Zufriedenheitsglück verschafften mir meine drei heldenhaften Freunde, die Buben aus der Brauerei. Auf einem Acker des Großvaters, das Gitterli genannt, wurde ich unter einen hohen, schlanken Baum gesetzt, der mir außerordentlich wohl gefiel. Man erblickte nämlich durch den Baum den glänzenden Himmel, und an den Zweigen hingen unzählige Büschel von lieblichen kugelrunden roten Beeren. Siehe, da erschienen der Ünggeli und die beiden Buben des Götti, stellten eine Leiter an den Baum und kletterten in schwindelhaften Höhen mutig darin herum. Erstaunlich und unterhaltlich anzusehen. Das Beste aber kam erst noch. Sie brachten mir von den Beeren herunter, hängten mir sie um die Ohren und ermunterten mich, sie zu essen. Und wahrhaftig, sie schmeckten; schmeckten ausgezeichnet, besser als Zucker. Ein Baum, der einem Süßigkeiten spendet wie eine Urgroßmutter; wenn das nicht ein Wunder ist!

Von jener Stunde her hat mein Herz dem Kirschbaum eine besondere Zärtlichkeit aufbewahrt.

Überhaupt schafft es ja ein ganz anderes Gemütsverhältnis zur ›Natur‹, das will sagen zu den irdischen Dingen unter freiem Himmel, wenn man sie im frühesten Kindesalter erlebt, als wenn man sie erst nachträglich durch Spaziergänge und Ausflüge kennenlernt. Vollends wenn ihre erste Bekanntschaft auf dem Grund und Boden des Familieneigentums geschlossen wird, entsteht etwas wie Seelenverwandtschaft mit den Dingen. Die trauten Gestalten der Angehörigen färben auf das Gefilde ab. Aus diesem Grunde, ich meine, weil ich als kleines Kind die ›Natur‹, also die Landschaften der Erdoberfläche, nie anders als in Gesellschaft der Meinigen gesehen habe, wird mir das, was andere ihr Naturgefühl nennen, zum Heimatgefühl. Der Kirschbaum der Aphrodite, der Nussbaum der Pandora, das Gras des Baldur, das Korn der Mittagsfrau sind auf den Feldern meines Großvaters gewachsen. Das Versetzen haben sie gut vertragen, sogar bis auf den Olymp.

**Detlev von Liliencron**

## Das abgeerntete Kartoffelfeld

Ich besuchte nach langen Jahren einen alten Freund. Er war von jeher von der ruhigen, vernünftigen Göttin des Reichtums begünstigt gewesen. Umso mehr befremdete es mich, ihn nun, wenn auch in unmittelbarer Nähe einer Großstadt, in einem Dorf zu finden. Er wohnte in dem winzigen Hause eines Handwerkers. Als ich mich an der Haustür noch einmal nach außen wendete, erblickte ich als einzige Aussicht ein ungeheures, sich bis an den Horizont hinanziehendes abgeerntetes Kartoffelfeld. Nur das verwelkte, vertrocknete, zertretene Blatt lag zwischen der aufgewühlten braunen Erde. Es war ein trostloser Anblick. Öde und traurig, lebensmüde und verzweifelnd wollte es mich überkommen.

Ich trat ein. Mein Freund empfing mich mit derselben Liebenswürdigkeit, wie ich es seit jeher bei ihm gewohnt gewesen war. Auch seine Haltung, seine Kleidung war »patent« wie immer.

»Aber wie ist es möglich, dass Du Dich in diese Gegend verlieren konntest? Du, der Ästhetiker, Du, der Du nur glaubtest, an den oberitalischen Seen leben und sterben zu können, Du wohnst hier im langweiligen kopfhängerischen Norden. Und dazu *diese* stete Aussicht.«

»Je nun, wir Menschen häuten uns. Das Leben wurde mir widerlich. Da fand ich auf einem Spaziergange dies Kartoffelfeld und mietete mir die zufällig leer stehende Wohnung. Du glaubst gar nicht, wie mich dies Kartoffelfeld beruhigt. Es sagt mir immer und immer wieder, wie leer und hohl und langweilig die Menschen sind. O, diese Schablonenmenschen. Und nun diese köstliche Einsamkeit. Wie wohl das tut.«

»Ich vermisse Deine vortrefflich ausgewählte Bücherei, lieber Freund.«

»Unsinn, Unsinn. Ich kann nur noch Goethe und Geschichte lesen. Und sonst halte ich mir die zwei, drei guten Zeitschriften Deutschlands.«

»Nun, Du großer Liebhaber der Poesie, liest Du keine Gedichte mehr?«

»Wie, was! Den Unsinn! Bleibe mir doch mit dem ganzen Kram vom Halse. Es ist ja empörend, welche Fülle von wässerigen Gedichten über uns ausgegossen wird.«

»Verfolgst Du denn nicht unsre neueste Literatur?«

»Soll ich etwa wie die vielen Hunderttausend Nähmamsellen aller Stände ›Fortsetzung folgt‹ lesen? Pah, die sogenannte neueste Literatur. Schwadroneure sind es; weiter nichts.«

»Ich kann Dir ganz und gar nicht beistimmen. Wir leben in einer grade für die Literatur höchst interessanten Zeit. Überall gärt es, und wenn auch noch nicht der ›große‹ Dichter geboren ist, so …«

»Mir einfach widerlich, und damit schließe ich mein Urteil. Heute herrscht nur Gambrinus im skatkartenbesetzten Mantel, also die Verständnislosigkeit und Mittelmäßigkeit und Urteilslosigkeit …«

»Halt, halt. Ich folge Dir nicht mehr. Aber gehst Du denn viel ins Theater? Jedenfalls.«

»Ins Theater? Dahin bringt mich kein Mensch mehr.«

»Ja, womit vertreibst Du Dir denn die Zeit? Liest Du Zeitungen?«

»Das sollte mir einfallen. Dies ewige Parteigezänk.«

»Nun, was denn?«

»Das will ich Dir sagen: Ich esse so gut wie irgend angänglich, trinke den besten Wein und rauche vortreffliche Zigarren. Dann mache ich lange Spaziergänge, um mir tüchtigen Hunger zu schaffen, und schlafe dann vorzüglich.«

— — — — — — — — — — — — —

Ich befand mich wieder unten an der Haustür. Wie ist es möglich, dass sich ein Mensch so verwandeln kann. Endlos, trostlos dehnte sich das ungeheure Kartoffelfeld vor mir aus. Ein feiner Staubregen rieselte herunter. Mich fröstelte. Meine Seele war wie zugeschnürt. Breiteten sich Arme vom Kartoffelfeld nach mir aus? Viele, viele Arme? Friede, Friede.

Da klingelte eine Straßenbahn vorbei, und ich fuhr in die große Stadt. Ins Leben, ins Leben hinein. Im Hoftheater wurde die Posse »Kikiriki« gegeben. Ich sah mir den Blödsinn an. Dann feierte ich einige angenehme Stunden mit einer kleinen lustigen Tänzerin. Einmal, während ich sie auf den Knien schaukelte, hob sie das Sektglas hoch: »Wer soll leben?« In diesem Augenblick fühlte ich einen Krampf im Herzen. Viele, viele graue Arme breiteten sich nach mir aus: Friede, Friede. Ich stierte vor mich hin und sagte endlich todernst: »Das Kartoffelfeld.« Die kleine dumme Person sah mich zuerst verwundert an, dann aber, in der Meinung, ich habe einen »Witz« gemacht, sprang sie wie eine Schlittschuhspinne auf dunklen, einsamen Waldtümpeln im Zimmer herum und rief außer sich vor Lachen: »Das Kartoffelfeld! Das Kartoffelfeld!«

**Peter Altenberg**

## Der Landungssteg

Ich liebe die Landungsstege an den Salzkammergut-Seen, die alten grauschwarzen und die neueren gelben. Sie riechen so gut wie von jahrelang eingezogenem Sonnenbrande. In dem Wasser um ihre dicken Pfosten herum sind immer viele ganz kleine grausilberne Fische, die so rasch hin und her huschen, sich plötzlich an einer Stelle zusammenhäufen, plötzlich sich zerstreuen und entschwinden. Das Wasser riecht so angenehm unter den Landungsstegen wie die frische Haut von Fischen. Wenn das Dampfschiff anlegt, erbeben alle Pfosten, und der Landungssteg nimmt seine ganze Kraft zusammen, den Stoß auszuhalten. Die Maschine des Dampfschiffes mit den roten Schaufelrädern kämpft einen hartnäckigen Kampf mit dem in renitenter Kraft verharrenden Landungssteg. Er gibt nicht nach, wehrt sich nur, soweit es unbedingt nötig ist, nach außen hin und erzittert vor innerem Widerstande.

Endlich siegt seine ruhige, in sich verharrende Kraft, und das Schiff lässt locker, gibt nach, entfernt sich wieder.

Stunden und Stunden liegt der Landungssteg für Dampfschiffe, meistens im Sonnenbrand dörrend, einsam, gemieden da.

Plötzlich kommen angeregte Menschen in lichten Kleidern, sammeln sich auf dem Landungsstege. »Geht nicht zu weit vor«, sagen die Eltern und betrachten den Landungssteg als eine imminente Gefahr. Ich könnte nun mit einiger Berechtigung sagen: »Irgendwo, abseits, lehnen zwei hart nebeneinander stumm am Geländer.« Aber das ist alte Schule, und infolgedessen unterdrückt man es. Ich kann jedoch nicht leugnen, dass das beharrliche Hinabstarren am Geländer des Landungssteges in das Wasser, in der Nähe einer jungen Dame, durch längere Zeit durchgeführt, oft seine laute verständliche innere Sprache spricht. Auf den Landungsstegen werden meistens kleine unbrauchbare Fische gemartert. Man fängt sie, schleudert sie zu Boden, weidet sich an ihrem Totentanze. Freilich, zwischen den Zähnen eines Hechtleins ist es auch nicht angenehmer. Und wer stirbt ruhig in seinem Bette?! Auf den Landungsstegen befinden sich ebenfalls zuzeiten die Komitees und das Präsidium der Jachtwettfahrer. Segelregatta. Stundenlange starren sie mit Operngläsern irgendwohin, auf einen mysteriösen Punkt im See, und niemand aus dem Publikum hat eine Ahnung, was vorgeht. Trotzdem ist alles sehr aufgeregt. Hie und da fällt ein technischer Ausdruck. Plötzlich wird Hurra geschrien und einiges emsig notiert. Der Landungssteg ist da wie der Hügel eines Feldherrn. Man starrt mit Operngläsern auf den Ausgang der Schlacht. Da ist der Landungssteg mitten im Leben drin. Dann liegt er wieder in Mondnächten da wie ein dunkles Ungetüm, zieht sich, streckt sich schwarz hinaus in den silbernen See.

Ich liebe die Landungsstege der Dampfschiffe an den Salzkammergut-Seen, die alten grauschwarzen und die neueren gelben. Sie sind mir so ein Wahrzeichen von Sommerfreiheit, Sommerfrieden, und sie duften wie von jahrelang eingesogenem Sonnenbrande – – –

## Hermann Hesse

### Bäume

Bäume sind für mich immer die eindringlichsten Prediger gewesen. Ich verehre sie, wenn sie in Völkern und Familien leben, in Wäldern und Hainen. Und noch mehr verehre ich sie, wenn sie einzeln stehen. Sie sind wie Einsame. Nicht wie Einsiedler, welche aus irgendeiner Schwäche sich davongestohlen haben, sondern wie große, vereinsamte Menschen, wie Beethoven und Nietzsche. In ihren Wipfeln rauscht die Welt, ihre Wurzeln ruhen im Unendlichen; allein sie verlieren sich nicht darin, sondern erstreben mit aller Kraft ihres Lebens nur das Eine: ihr eigenes, in ihnen wohnendes Gesetz zu erfüllen, ihre eigene Gestalt auszubauen, sich selbst darzustellen. Nichts ist heiliger, nichts ist vorbildlicher als ein schöner, starker Baum. Wenn ein Baum umgesägt worden ist und seine nackte Todeswunde der Sonne zeigt, dann kann man auf der lichten Scheibe seines Stumpfes und Grabmals seine ganze Geschichte lesen: in den Jahresringen und Verwachsungen steht aller Kampf, alles Leid, alle Krankheit, alles Glück und Gedeihen treu geschrieben, schmale Jahre und üppige Jahre, überstandene Angriffe, überdauerte Stürme. Und jeder Bauernjunge weiß, dass das härteste und edelste Holz die engsten Ringe hat, dass hoch auf Bergen und in immerwährender Gefahr die unzerstörbarsten, kraftvollsten, vorbildlichsten Stämme wachsen.

Bäume sind Heiligtümer. Wer mit ihnen zu sprechen, wer ihnen zuzuhören weiß, der erfährt die Wahrheit. Sie predigen nicht Lehren und Rezepte, sie predigen, um das Einzelne unbekümmert, das Urgesetz des Lebens.

Ein Baum spricht: In mir ist ein Kern, ein Funke, ein Gedanke verborgen, ich bin Leben vom ewigen Leben. Einmalig ist der Versuch und Wurf, den die ewige Mutter mit mir gewagt hat, einmalig ist meine Gestalt und das Geäder meiner Haut, einmalig das kleinste Blätterspiel meines Wipfels und die kleinste Narbe meiner Rinde. Mein Amt ist, im ausgeprägten Einmaligen das Ewige zu gestalten und zu zeigen.

Ein Baum spricht: Meine Kraft ist das Vertrauen. Ich weiß nichts von meinen Vätern, ich weiß nichts von den tausend Kindern, die in jedem Jahr aus mir entstehen. Ich lebe das Geheimnis meines Samens zu Ende, nichts andres ist meine Sorge. Ich vertraue, dass Gott in mir ist. Ich vertraue, dass meine Aufgabe heilig ist. Aus diesem Vertrauen lebe ich.

Wenn wir traurig sind und das Leben nicht mehr gut ertragen können, dann kann ein Baum zu uns sprechen: Sei still! Sei still! Sieh mich an! Leben ist nicht leicht, Leben ist nicht schwer. Das sind Kindergedanken. Lass Gott in dir reden, so schweigen sie. Du bangst, weil dich dein Weg von der Mutter und Heimat wegführt. Aber jeder Schritt und Tag führt dich neu der Mutter entgegen. Heimat ist nicht da oder dort. Heimat ist in dir innen, oder nirgends.

Wandersehnsucht reißt mir am Herzen, wenn ich Bäume höre, die abends im Wind rauschen. Hört man still und lange zu, so zeigt auch die Wandersehnsucht ihren Kern und Sinn. Sie ist nicht Fortlaufenwollen vor dem Leide, wie es schien. Sie ist Sehnsucht nach Heimat, nach Gedächtnis der Mutter, nach neuen Gleichnissen des Lebens. Sie führt nach Hause. Jeder Weg führt nach Hause, jeder Schritt ist Geburt, jeder Schritt ist Tod, jedes Grab ist Mutter.

So rauscht der Baum im Abend, wenn wir Angst vor unsern eigenen Kindergedanken haben. Bäume haben lange Gedanken, langatmige und ruhige, wie sie ein längeres Leben haben als wir. Sie sind weiser als wir, solange wir nicht auf sie hören. Aber wenn wir gelernt haben, die Bäume anzuhören, dann gewinnt gerade die Kürze und Schnelligkeit und Kinderhast unserer Gedanken eine Freudigkeit ohnegleichen. Wer gelernt hat, Bäumen zuzuhören, begehrt nicht mehr, ein Baum zu sein. Er begehrt nichts zu sein, als was er ist. Das ist Heimat. Das ist Glück.

**Anna Ritter**

## Seine Heimat

Zwei kleine Fenster, ins Grün geschmiegt,
Ein Strohdach, d'rüber die Sonne liegt
Und unter den Linden ein kühler Platz –
Das ist seine Heimat, da wohnt mein Schatz.

Sie sagen, da draußen in weiter Fern
Gäb's tausend Wunder, ich glaub's ja gern –
Mein' Seligkeit, meine Lust und Pein
Wohnt hinter den winzigen Fensterlein.

**Rainer Maria Rilke**

Der Regen greift mit seinen kühlen
Fingern uns die Fenster blind;
wir lehnen in den tiefen Stühlen
und lauschen, wie aus müden Mühlen
die leise Dämmerstunde rinnt.

Und dann spricht Lou. Und es verneigen
sich unsre Seelen. Auch der Strauß
am Fenster grüßt aus hohen Zweigen,
und wir sind alle heimateigen
in diesem leisen weißen Haus.

**Richard Dehmel**

## Heimat

Und auch im alten Elternhause
und noch am Abend keine Ruh?
Sehnsüchtig hör' ich dem Gebrause
der hohen Pappeln draußen zu.

Und höre sacht die Türe klinken,
Mutter tritt mit der Lampe ein;
und alle Sehnsüchte versinken,
o Mutter, in Dein Licht hinein.

**Erich Mühsam**

## Heimat

Die hohen Türme haben mich gegrüßt,
die über meinen Kinderträumen ragten,
und ihre unbewegten Mienen fragten,
wie ich des Lebens wachen Ernst verbüßt.

Des Waldes Blätter haben mir gerauscht,
wo meine Schmerzen erste Reime fanden.
Ich habe ihre Frage wohl verstanden:
ob ich beglücktes Dichten eingetauscht.

Doch, als ich kam zu meines Meeres Flut,
da stürmten alle Wellen, mich zu grüßen,
und drängten zärtlich sich zu meinen Füßen
und fragten nichts. – Da war mir frei und gut.

**Hugo von Hofmannsthal**

## Das Dorf im Gebirge

I

Im Juni sind die Leute aus der Stadt gekommen und wohnen in allen großen Stuben. Die Bauern und ihre Weiber schlafen in den Dachkammern, die voll alten Pferdegeschirrs hängen, voll verstaubten Schlittengeschirrs mit raschelnden gelben Glöckchen daran, alter Winterjoppen, alter Steinschlossgewehre und unförmlicher rostblinder Sägen. Sie haben aus den unteren Stuben alle ihre Sachen weggetragen und alle Truhen für die Stadtleute freigemacht, und nichts ist in den Stuben zurückgeblieben als der Geruch von Keller mit großen Rahmeimern und altem Holz, der sich aus dem Innern des Hauses durch die kleinen Fenster zieht und in unsichtbaren Säulen säuerlich und kühl über den Köpfen der blassroten Malven bis gegen die großen Apfelbäume hin schwebt.

Nur den Schmuck der Wände hat man zurückgelassen: die Geweihe und die vielen kleinen Bilder der Jungfrau Maria und der Heiligen in geschnitzten und papierenen Rahmen, zwischen denen Rosenkränze aus unechten Korallen oder winzigen Holzkugeln hängen. Die Frauen aus der Stadt hängen ihre großen Gartenhüte und ihre bunten Sonnenschirme an die Geweihe; in der Schlinge eines Rosenkranzes befestigen sie das Bild einer Schauspielerin, deren königliche Schultern und hochgezogene Augenbrauen unvergleichlich schön einen großen Schmerz ausdrücken; die Bilder von jungen Männern, von berühmten alten Menschen und von unnatürlich lächelnden Frauen lehnen sie an den Rücken eines kleinen wächsernen Lammes, das die Kreuzfahne trägt, oder sie klemmen sie zwischen die Wand und ein vergoldetes Herz, in dessen purpurnen Wundmalen sieben kleine Schwerter stecken.

Sie selber aber, die Frauen und Mädchen aus der Stadt, sieht man überall sitzen, wo sonst kein Mensch sitzt: auf den beiden Enden der hölzernen Brunnentröge, wo das zurücksprühende Wasser vom Wind in ihr Haar getragen wird, bis sie ganz voll Tau hängen, wie feine, dichte Spinnweben am Morgen. Oder sie sitzen auf dem Zauntritt, wo sie jeden stören, dessen Weg da hinüberführt. Aber sie wissen nichts davon, dass einer gerade dahin muss, gerade auf dieses bestimmte Feld zwischen den zwei Zäunen und dem tiefeingeschnittenen, lärmenden Bach. Für sie ist es gleichgiltig, wo man geht. Es liegt etwas so Zufälliges, Müheloses in ihrem Dasein. Sie brauchen keinen Feiertag und können aus jeder Stunde machen, was sie wollen. So ist auch ihr Singen. Sie singen nicht in der Kirche und nicht zum Tanz. Auf einmal, abends, wenn es dunkelt und zwischen die düsternden Bäume und über die Wege aus vielen kleinen Fenstern Lichtstreifen fallen, fangen sie zu singen an, hier eine, dort eine. Ihre Lieder scheinen aus vielerlei Tönen zusammengemischt, manchmal sind sie einem Tanzlied ganz nahe, manchmal einem Kirchenlied: es liegt Leichtigkeit darin und Herrschaft über das Leben. Wenn sie verstummen, nimmt das dunkelnde Tal sein schwerblütiges Leben wieder auf: man hört das Rauschen des großen Baches, anschwellend und wieder abfallend, anschwellend und abfallend, und hie und da das abgesonderte Rauschen eines kleinen hölzernen Laufbrunnens. Oder die Obstbäume schütteln sich und lassen einen Schauer raschelnder Tropfen von oben durch alle ihre Zweige fallen, so plötzlich wie das unerwartete Aufseufzen eines Schlafenden, und der Igel erschrickt und läuft ein Stück seines Weges schneller.

Manche von den Lichtstreifen aber erlöschen lange nicht und sind noch da, wenn der Große Wagen bis an den Rand des Himmels herabgeglitten ist und seine tiefsten Sterne auf dem Kamm des Berges ruhen und durch die Wipfel der ungeheuren Lärchen unruhig durchflimmern. Das sind die Zimmer, in denen ein junges Mädchen aus einem Buch die Möglichkeiten des Lebens herausliest und verworren atmet wie unter der Berührung einer berauschenden und zugleich demütigenden Musik, oder in denen eine alternde Frau mit beängstigtem und staunendem Denken nicht darüber hinauskommt, dass dies traumhafte Jetzt und Hier für sie das Unentrinnbare, das Wirkliche bedeutet. Aus diesen Fenstern fällt immerfort das Kerzenlicht, greift durch die Zweige der Apfelbäume, legt einen Streifen über die Wiese, und über den Steindamm, bis hinunter an den schwarzen Seespiegel, der es zurückzustoßen und zu tragen scheint, wie einen ausgegossenen blassgelben Schimmer. Aber es taucht auch hinunter und wirft in das feuchte Dunkel einen leuchtenden Schacht, in dem die schwarzgrauen Barsche stumpfsinnig stehen und die ruhelosen kleinen Weißfische unaufhörlich beben wie Zitternadeln.

II

Auf den Wiesen stecken sie ihre viereckigen Tennisplätze aus und umstellen sie mit hohen, grauen Netzen. Von Weitem sind sie anzusehen wie ungeheuere Spinnennetze.

Wer innen steht, sieht die Landschaft wie auf japanischen Krügen, wo das Email von regelmäßigen, feinen Sprüngen durchzogen ist: der blaugrüne See, der weiße Uferstreif, der Fichtenwald, die Felsen drüber und zuoberst der Himmel von der zarten Farbe wie die blassen Blüten von Heidekraut, alles das trägt die grauen feinen Vierecke des Netzes auf sich.

Auf den wenigen Hügeln, die jenseits der Straße liegen, wird gepflügt. So oft die Spieler ihre Plätze tauschen, um Sonne und Wind gerecht zu verteilen, so oft wenden die Pflüger das schwere Gespann und werfen mit einem starken Hub die Pflugschar in den Anfang einer neuen Furche. Gleichmäßig pflügen die Pflüger, wie ein schweres Schiff furcht der Pflug durch den fetten Boden hin, und die großen, von Luft und Arbeit gebeizten Hände liegen stetig mit schwerem Druck auf dem Sterz. Wechselnd ist das Spiel der vier Spieler. Zuweilen ist einer sehr stark. Von seinen Schlägen, die ruhig und voll sind, wie die Prankenschläge eines jungen Löwen, wird das ganze Spiel gehalten. Die fliegenden Bälle und die andern Spieler, ja der Rasengrund und die Netze, in denen sich das Bild der Wälder und Wolken fängt, alles folgt seinem Handgelenk, geheimnisvoll gebunden wie von einem starken Magnet.

Ein anderer ist schwach, ganz schwach. Zwischen ihm und jedem seiner Schläge kommt das Denken. Er muss sich selber zusehen. Seine Bewegungen sind von einer tiefen Unwahrheit:

zuweilen sind es die Bewegungen des Degenfechters und zuweilen die Bewegungen dessen, der Steine von sich abwehren will.

Ein dritter ist gleichgültig gegen das Spiel. Er fühlt den Blick einer Frau auf sich, auf seinen Händen, auf seinen Wangen, auf seinen Schläfen. Er schließt bisweilen die Augen, um ihn auch auf den Lidern zu fühlen. Er lebt im vergangenen Abend: denn die Frau, deren Blick er auf sich fühlt, ist nicht hier. Manchmal läuft er ein paar Schritte ganz zerstreut dorthin, wo kein Ball aufgefallen ist. Trotzdem spielt er nicht ganz schlecht. Zuweilen schlägt er mit einer großen gelassenen Bewegung, wie einer aus dem Schlaf heraus nach geträumten Früchten in die Luft greifen könnte. Und der Ball, den er so berührt, fliegt mit vollerer Wucht zurück als selbst unter den Schlägen des Starken. Er bohrt sich in den Rasen ein und fliegt nicht mehr auf.

Das Spiel der vier Spieler ist wechselnd: morgen, kann es sein, wird der Gleichgültige den Starken ablösen. Vielleicht auch werden eitle und kühne Erinnerungen und der eingeatmete Morgenwind den zum Stärksten machen, der heute ganz schwach war.

Aber gleichmäßig pflügen die Pflüger und die schönen dunklen Furchen laufen gerade durch den schweren Boden.

**Victor Auburtin**

## Die Flucht zur Natur

Ein Herr in besten Jahren stand zu Berlin an der Ecke der Krausen- und Markgrafenstraße, als ihn ein sonderbares Gefühl überkam. Es überkam ihn plötzlich das Heimweh nach der Mutter Erde.

Hinaus!, rief er. Hinaus aus der Krausen- und Markgrafenstraße! Da draußen ist jetzt der schiere Frühling im Gange, mit Meisen und Nesterbau; und wer weiß, ob es nicht das letzte Mal ist.

Er blickte abwechselnd in die Krausen- und Markgrafenstraße hinein und fuhr fort: Diese Straßen haben zu viel Häuser, deshalb sind sie so lang; das ist der ganze Grund. Aber sie mögen noch so lang sein, irgendwo sind sie einmal zu Ende; und dort stehen Gärtchen, und der Goldlack wächst frei aus der Erde, wie er ist, ohne Blumentopf. Dort will ich hin, und koste es mein Leben.

Und er sprang auf einen Wagen der Linie 66, der gen Abend fuhr.

Die Stadt Berlin ist weitläufig und bietet viel Betrieb und Ersatz für alles.

So gibt es da zum Beispiel ein Geschäft, in dem man künstliche Höhensonne beziehen kann. (»Das Institut Künstliche Höhensonne befindet sich im Erdgeschoss links; bitte stark zu läuten.«) Auch kann man im Hochsommer eine Flüssigkeit kaufen, mit der man sich das Gesicht künstlich braun färbt, sodass es aussieht, als sei man in Norderney gewesen.

Der Herr in besten Jahren fuhr durch alles dies mit geschlossenen Augen.

Hinaus!, murmelte er. Zu dem Goldlack!

Als die Bahn in die vorortlichen Gegenden kam, sprang er ab und eilte zu Fuß weiter durch die Straßen, die Brunhilde- und Isoldestraße hießen und schon durch diese Namen ankündigten, dass das Poetische nun nicht mehr ferne sei. Und da leuchtete denn auch die Lichtung, wo die Häuser aufhörten und die märkische Ebene begann.

Und die Gärten der Natur ließen sich nicht mehr übersehen, der Goldlack ebenfalls nicht; sie waren da, und der Wanderer stand tief ergriffen an dem Drahtgitter.

In dem Garten, vor dem er hielt, befand sich ein ehemaliger Omnibus, der als Laube oder Villa hergerichtet war; und in seinem Innern saß eine Familie und trank etwas, das vermutlich Ersatzkaffee war.

Was aber den Goldlack anbetrifft, so bestand er eigentlich nur aus einer Staude, und rechts und links von ihr war je eine Tafel angebracht. Der Herr setzte seine Brille auf und las die Tafeln; auf der einen war geschrieben: »Vorsicht; Selbstschüsse!« und auf der anderen: »Lebensgefahr; Starkstromleitung.« So bewaffnet stand der Goldlack da und wiegte sich im Winde, feindselig und unnahbar.

Der Herr in besten Jahren aber ging stumm zur Stadt zurück; dort hat er sich am Abend desselben Tages in ein Kino begeben, um den Naturfilm »Lenztage in der Mark« zu besichtigen.

**Fred Endrikat**

## Es gibt ein Stück Erde ...

Es gibt ein Stück Erde, an dem man klebt,
und das man im Herzen stets liebbehält.
Die Scholle, auf der man die Kindheit verlebt,
vergisst man niemals im Trubel der Welt.
Man kennt jedes Steinchen und weiß jeden Laut.
Es taucht vor uns auf, so lebendig und wach,
das Haus mit dem Gärtchen, so heimisch vertraut.
Die Tauben girren noch auf dem Dach.
Die rissige Mauer mit dem wilden Wein,
berankt bis zum Giebel grün und dicht.
Die Stare nisten am Dachfensterlein.
Der Vater kommt müde heim von der Schicht,
Der Birnbaum steht verkümmert, wie er damals war.
und Sonnenblumen blühen am Gartenrand.
Es ist so, als streichle unser zerzaustes Haar
der guten Mutter segnende Hand.
Und wenn man die Welt kennt und alles gesehn,
bleibt dieses Stück Erde, an dem man klebt.
Mag sie finster und arm sein, für mich ist sie schön –
die Heimat des Bergmanns, wo ich die Kindheit verlebt.

**Fritz Löhner-Beda / Erwin W. Spahn**

## Nur in meinem Schrebergarten fühle ich mich wohl

Nur in meinem Schrebergarten fühle ich mich wohl,
Da bau ich meinen Kohl
Und meinen Karfiol.
Meine kleinen Blumen warten, dass ich Wasser hol,
Ich hol's in einem alten Kasserol.

Andere fahrn nach Nizza
Und nach Hollywood,
Ich bin Gutsbesitzer,
Ich sitz auf meinem Gut.

Nur in meinem Schrebergarten fühle ich mich wohl,
Weil ich mich da erhol,
Noch mehr als in Tirol.
Nur in meinem Schrebergarten ist das Leben schön,
Wer einen hat, wird mich verstehn.

**Felix Salten**

## Fünfkreuzertanz

Für alle die Einfachen und Niedrigen, die aus den bunten Provinzen des Reiches in Wien zusammenströmen, für alle die Jugend, die aus Dörfern und kleinen Städten in die Großstadt zieht, um da zu arbeiten, zu dienen, zu darben und sich zu schinden, ist hier ein Trost. Junge Mädchen, die in den Wohnungen der Bürgersleute am fremden Herd stehen, junge Bursche, die in den Kasernen exerzieren, eine ganze junge Menschheit, die in der ungeheuren Stadt kein Zuhause hat, die im Wirbel dieses brausenden Lebens verlaufen und einsam ist, findet hier, im rauchig-dunstigen Saal ein Stückchen Heimat.

Musik, die bescheidene Tanzmusik der armen Leute, die anspruchslose M-ta-ta-M-ta-ta-Musik gibt hier Illusionen und verwandelt die Szene. Sie spielt einen Ländler, eine kleine fröhlich sich schmiegende Melodie, eine Melodie, die sich wie ein Kind rund um sich selbst im Kreis dreht, wieder absetzt, und sich wieder rund um sich selbst weiter dreht, vergnügt, zufrieden und mit einer langsam aus dem ewigen Gleichmaß sich steigernden Kraft. Da stampft der Boden von den Tritten harter Bauernstiefel, ein Juchschrei steigt da und dort aus der Menge, als wolle ein junges Männerherz die heimatlichen Berge grüßen. Und jetzt ist hier Steiermark, Salzburg, Tirol, irgendein Alpenland, das seine Kinder umfängt.

Die Musik spielt eine Kreuzpolka, eine in kurzen Rhythmen

daher hopsende Weise, eine mit hastigen Atemstößen ins Blech schmetternde Melodie, ein Übermut, der spöttisch und melancholisch zugleich ist und tiefer gefärbt, von einer heißeren Sinnlichkeit.

Jetzt drehen sich mit steifen Rücken und kurzen Leibchen die Gestalten, die Uprka so wundervoll gemalt hat. Jetzt ist hier Böhmen, ist hier das sonnige Hügelland von Mähren und die üppig prangende Ebene der Hanna.

Einen Czárdás stimmt das Orchester an, und jetzt ist hier Ungarn. Das wechselt und wühlt durcheinander. Das verträgt sich und gönnt einander die fünf Minuten Heimatszauber. Hier lehnt sich keiner gegen das Lied des andern auf, und jeder kennt hier, ohne dass es ausgesprochen werden müsste, ohne dass es diesen einfachen Gemütern jemals einfiele, dergleichen zu denken oder es auszusprechen, die heimatlose Verlaufenheit, die Sehnsucht nach Hause, nach der Wurzelscholle, kennt sie an sich und an anderen. Und ob nun die Musik einen Walzer spielt, einen Ländler, eine Kreuzpolka oder einen Czárdás, allen diesen Menschen hier ist eines gemeinsam: dass sie fremd sind in dieser riesigen Stadt, von deren Arbeitsmühlen sie verschlungen, in ihrem Wesen entfärbt, zerrieben und verbraucht werden. Da ist in ihnen allen das Verlangen, Gesichter zu sehen, die ihnen irgendwie von Kindheit an vertraut sind, die sie an Kindertage, an Vaterhaus und Heimatdorf irgendwie erinnern. Da ist in ihnen das Verlangen, Worte zu hören, die aus den kargen Kinderjahren noch in ihnen nachklingen. Muttersprache. Und in ihrer Jugend ist das Verlangen, die Arme auszubreiten nach einem Genossen, nach einem Gefährten dieser

Jugend, das Verlangen, von starken Armen umschlungen und angefasst zu werden.

Einfach, wie nirgendwo anders sonst, enthüllen sich hier die einfachen menschlichen Triebe. Die Lust des Weibes am Manne. Die Lust des Mannes am Weibe. Von ihrer aufrichtigen Kraft ist die Atmosphäre dieses Saales ganz erfüllt. In der Musik hat diese Lust ihre Stimme bekommen, erhebt ihren Ruf und lockt zu Paaren, was für die Stunden eines Abends, für die Freuden einer Nacht zusammengehört. Unschuld gibt es hier nicht, wenigstens nicht in unserem Sinne, nicht im gesellschaftlichen Sittlichkeitsbegriff. Aber diese jungen Mädchen aus dem Volk, deren Wangen noch frisch und leuchtend sind von der frischen Luft ihrer heimatlichen Felder, deren Arme an der Außenseite noch braun gebrannt sind von der Sonne, in deren Licht sie gearbeitet haben, diese jungen Mädchen mit dem straffen Gang und der biegsamen Haltung ihrer frischen, gesunden Leiber, mit den sanften, neugierigen und wie unter Liebesträumen berauschten Augen, haben die Unschuld und Sündlosigkeit der Natur. Eine prachtvolle Hingegebenheit ist in ihrem Tanze. Sie verrichten ihn wie ihre Arbeit, gleichmäßig, ausdauernd, unermüdlich, und von dem gleichmäßig drehenden Rhythmus nach und nach betäubt. Eine merkwürdige, beinahe andächtige Nachdenklichkeit ist in ihren Mienen, wenn sie an die Brust ihres Tänzers geschmiegt vorübergleiten. In ihrer Umarmung ist Erwarten und zugleich ein Vorherwissen. Und manche von ihnen hat jetzt schon in ihrem Antlitz einen Schimmer jenes sanften Duldens, jener stillen Ergebenheit, womit die Frauen so oft in langen Schmerzen das kurze Glück ihrer Frühlingstage büßen.

Man kann jahrelang, jahrzehntelang in solch einen Saal nicht hineingeschaut haben; wenn man dann aber von ungefähr wieder einmal beim »Fünfkreuzertanz« vorbeikommt, und hinzutritt, ist es dieselbe Jugend, die sich hier dreht. Dieselben Gesichter scheinen es zu sein, die sich einander nun zuneigen. Dieselben Bursche, im Soldatenrock, fesch, kraftvoll, wütend in ihrer triebhaften Freude, wie junge Stiere. Dieselben Bursche, im Sonntagskleid der Handwerker und Fabriksarbeiter, aber von der dumpfen Enge ihrer Werkstätten, vom Alkohol und von der Verruchtheit der Großstadt schon in ihrem Wesen und in ihren Mienen entfärbt.

Es scheinen immer noch dieselben Mädchen zu sein, aus allen Gegenden der Monarchie zusammengetrieben, jung aufgeblüht, bereit, sich darzubringen. Und die anderen, von denen ein paar Jahre in Wien schon alle Blüte abgestreift haben, die nun statt ihrer neuen, färbigen Kopftücher Damenhüte von unwahrscheinlicher Eleganz und märchenhafter Verschollenheit tragen, in ihrer Art schon hoffnungslos verfälscht und in der Offenherzigkeit ihrer frühen Instinkte schon von Laster und Lüge angehaucht sind.

Über alle aber schlägt in blechernen Weisen schmetternd die Musik zusammen, und es scheint auch dieselbe Musik von einst noch zu sein. Der ganze Saal dampft von Jugend, Begierde, Rausch und Taumel. Und es ist wie ein unabänderliches Gesetz, wie ein Ewigkeitsrhythmus in diesen immer gleichen Menschen, in dieser immer gleichen Musik, die den Armen, Heimatsfremden und Sehnsüchtigen auf diesen Brettern hier einen Traum von Glück, Heimat und Liebe gibt. Unzählige werden in der Stadt drinnen niedergetreten, zerstampft, vernichtet, verschwinden spurlos, und niemand weiß von ihnen. Aber unaufhörlich erneuert sich die Jugend, unaufhörlich tritt sie in erneuter Kraft und Ahnungslosigkeit zum Tanze an, schwingt sich immer wieder im gleichen Takte. M-tata, M-tata, M-tata, Bum!

**Hermann Harry Schmitz**

## Wie es kompliziert war, bis ich in die Sommerfrische kam

Ich hatte alles, was auf der ersten Seite meines Fahrplanes stand und vor dem Gebrauch des Buches zu lesen war, genau gelesen und kam nicht zurecht, ich kam, weiß Gott, nicht zurecht.

Qualvolle Tage, durchgrübelte Nächte, völliges Zerfallensein mit mir selbst, hitzige, erbitterte Dispute mit lieben Bekannten waren vorausgegangen, bis ich endlich zu einem Entschluss gekommen war, wohin überhaupt ich in die Sommerfrische gehen sollte.

Von dreiundachtzig Bekannten waren mir dreiundachtzig verschiedene Sommerfrischen empfohlen worden. Ein jeder behauptete von seinem Favoritplatz, dass er das entzückendste Fleckchen auf der Erde sei. Man grollte mir, man hasste mich fast, man wandte sich wütend ab und brummte: »Warum fragen Sie mich denn, gehen Sie von mir aus, wohin Sie wollen«, wenn ich mich nicht im gleichen Augenblick enthusiasmiert für den gepriesenen Ort entschied.

»Nach Norderney müssen Sie gehen«, sagte mir Frau Geheimrat Doddersucht, die von ihren sechs Töchtern bereits vier auf Norderney losgeworden war, alles gute Partien, wirklich ausgezeichnet waren die Mädchen angekommen; »man trifft durchweg nur gute Gesellschaft dort. Exzellenzens Mostert lernten wir vergangenes Jahr kennen, reizende Leute, ganz reizende Leute. Ach, und die Reunions sind so entzückend, wirklich nur nette, scharmante Herren mit Lebensstellungen. Ich habe für Tilly und Erna noch neue Ballkleider nachkommen lassen.«

Behüt mich Gott! Ich dankte, ich bekam vorläufig als Junggeselle meine Revenuen allein auf. Außerdem gehe ich nicht in die Sommerfrische, um in Marionettenbetrieben mitzuwirken.

Borkum – »ich bin jedes Jahr sechs Wochen mit meinen Kleinen dort. So nett ist das mit dem Kinderbataillon, so herzig, und den Kleinen macht es gar so viel Spaß, so lieb können die Kinderchen mit ihren Eimerchen am Strand spielen«, pries mir Frau Knüsterpüster, Mutter von acht unerwachsenen Kindern, dieses Nordseebad.

Ich spiele nicht gern Soldat oder mit Eimerchen im Sand, außerdem machen mich Kinder nervös.

»Nach Knokke«, riet mir Herr Selmenkuhl, »man trifft dort immer Düsseldorfer, das ist zu nett.«

Ich fand das gar nicht so arg nett und dankte.

»Ostende, das ist was für Sie«, suchte mich Herr Huschebold zu begeistern. Ernste Männer nannten ihn einen Windbeutel, einen Schürzenjäger. Am Stammtisch sagte man, er sei ein verdammt toller Kerl, man kniff dabei ein Auge zu und schlug sich auf die Beine. »Famose Weiber in Ostende, feiner Betrieb, tipp topp.« Er kickste mich in die Seite: »Familienbad!«

Ich will meine Ruhe haben, außerdem habe ich X-Beine, ich sehe im Bad gar nicht martialisch aus.

»Zoppot! Idyllisch poetisch«, schwärmte Goliath Bumke, »ha, die Unendlichkeit des Meeres, die Sinfonie der Wasser!« Dabei flog mir ein verkautes Blättchen von seiner Zigarre, das ihm von ungefähr in den Mund geraten war, an die Backe; es war eine Angewohnheit von ihm, er tat das immer. »Reisen wir zusammen, ich reise morgen«, schlug er vor.

Auch Bumke gab ich einen Korb.

An die See mag ich überhaupt nicht, da soll man sich verloben, oder aber es sind zu viele Kinder da, oder … oder … und die X-Beine verleiden mir überhaupt, öffentlich zu baden. –

Nach Thüringen – da sind mir zu viele Berliner. In den Harz – da sind mir auch zu viele Berliner. An den Rhein – da ist es im Sommer zu heiß. Scheveningen – da ist es mir zu fein. Zandvoort – da sind nur Holländer. Nach Rügen – das ist mir zu weit, und an den Kreidefelsen macht man sich den schwarzen Anzug weiß. In die Eifel – die ist in den Ferien so überlaufen. In den Hunsrück – da weiß ich überhaupt nicht wo das ist. In die Schweiz – da geht jetzt jeder hin, außerdem hat man die Schererei mit dem fremden Geld und der Verzollung. In die bayerischen Alpen – da versteh ich den Dialekt nicht. In den Spessart – da bin ich zu bange wegen der Räuber. Nach Triberg – da wäre ich nett verrückt.

Ich wusste nicht mehr ein noch aus. Es war entsetzlich. Die wenigen Leute auf der Straße, die Häuser, selbst die Droschkenpferde schauten mich höhnisch an und feixten. Heißer und heißer wurde es in der Stadt. Ich musste weg, ich musste jetzt unbedingt weg. Aber um Himmels willen wohin?

Da kam mein Freund Edeward. Edeward hatte eine Schnauze, gegen die niemand ankam, außerdem bekam er noch Geld von mir; ich zog es vorläufig daher vor, seine Überlegenheit in gewissem Maße anzuerkennen.

»Du fährst in den württembergischen Schwarzwald, wohlverstanden in den württembergischen«, legte er los, »ich war in diesem Frühjahr dort, in einem famosen kleinen Nest, hoch auf einem Bergrücken, inmitten wunderbarer Tannenwaldungen. Das ist etwas für dich. Ich war der einzige Gast in dem Hotel, nur selten verlief sich ein Stadtfrack auf die Höhe. Verpflegung tadellos. Dann soll es im Sommer, wenn wir hier am Rhein bald umkommen vor Hitze, gar nicht zu heiß sein, immer wehe ein erfrischendes Lüftchen da oben. Und dann vor allen Dingen billig: drei Mark volle Pension. Denke dir, mit Nachmittagskaffee, ist das nicht erstaunlich?«

Mit Nachmittagskaffee, das war ja ganz außerordentlich, verwunderte ich mich forciert, im Übrigen schien die ganze Sache in meinem Sinne zu funktionieren. Ich war des weiteren Suchens aber auch völlig überdrüssig und klammerte mich an Edewards Vorschlag, nur um aus dem furchtbaren Dilemma herauszukommen.

»Du musst über Karlsruhe fahren, dann Karlsruhe-Pforzheim, du findest es leicht in jedem Kursbuch«, hatte Edeward noch gesagt und war dann gegangen. –

Du findest es leicht – so eine Gemeinheit. Ich saß jetzt in der zweiten Nacht, vergraben in einem Stoß von Kursbüchern und kam nicht zurecht und kam auch absolut nicht zurecht. Ganz blöde war es mir im Kopf; die Zahlen tanzten mir vor den Augen.

Bis Köln – ja das fand ich, dann fing es schon an, links- und rechtsrheinische Strecken, daraus soll ein Pferd klug werden. Dann war am Kopf der Zahlenrubrik ein W oder ein L oder ein D oder Gabel und Messer oder ein Fahrrad oder ein Stern, oder die Zahlen hörten mitten in der Kolonne ganz auf. Dann passten die Stationsnamen nicht zu den Zahlenreihen, weil die eine Seite zu hoch oder zu niedrig geheftet war. Es war zum Auswachsen. Mainz hatte ich dann endlich gefunden, und ich freute mich schon riesig; da merkte ich, dass ich den Dampferfahrplan aufgeschlagen hatte.

Leicht zu finden, ich lachte gellend und verfluchte alle Eisenbahnen, alle Kursbücher, alle Sommerfrischen, mich selbst, Edeward und wer mir noch gerade einfiel.

Dann hatte ich Mainz nun wirklich, fand auch Karlsruhe irgendwo ganz hinten, verblätterte dann die Seite mit Mainz wieder, wusste dann nicht mehr, ob ich links- oder rechtsrheinisch nachgesehen hatte, verlor dann auch noch Karlsruhe wieder und fand zum Schluss überhaupt gar nichts mehr. Die dicken Tränen standen mir in den Augen. Dann raffte ich mich auf und griff zu einem Kursbuch, speziell für Süddeutschland. Da war wieder Köln und Mainz nicht zu finden. Ich ging vorsichtig von Karlsruhe aus, alles klappte, bis ein Pfeil in eine Nebenrubrik zeigte, und alles war wieder verloren. Ich schrieb ganze Zahlenkolonnen ab, ich blätterte wie im Wahnwitz, griff zu immer neuen Kursbüchern, steckte meine sämtlichen zehn Finger als Lesezeichen in die Bücher, stierte mit weit aus dem Kopf stielförmig hervortretenden Augen in das Zahlenchaos und murmelte mechanisch: »Köln, Bonn, Remagen, Bingerbrück, Mainz, Mainz, Mainz ........«

Ich dachte ernstlich an Selbstmord.

Am dritten Tag fand ich den Anschlusszug von Mainz nach

Karlsruhe. Von Karlsruhe weiter nach Pforzheim, das bekümmerte mich vorläufig nicht, wenn ich nur schon mal in Karlsruhe wäre. Wie ein Besessener sprang ich auf, kletterte vor Übermut und Freude auf den Kleiderschrank, stellte mir eine brennende Kerze auf den Kopf und sang patriotische Lieder, bis ich völlig außer Atem war.

7 Uhr 20 am nächsten Morgen würde ich fahren. 7 Uhr 20, eine traute Zahl. Das war meine Zahl, ich war ganz stolz; 7 Uhr 20, wie das klang, welche Phonetik.

Den ganzen Tag über war ich in einer fieberhaften Tätigkeit. Ich kaufte mir schon ein Billett bis Karlsruhe, um am anderen Morgen freie Hand zu haben, stampfte meinen Kram in den großen Koffer und eine herzige Handtasche, sang Reiselieder, gebärdete mich überhaupt wie ein junges Füllen.

Punkt sechs Uhr am anderen Morgen ließ ich mich wecken. Fünf Minuten nach sieben war ich am Bahnhof.

Meinen großen Koffer gab ich bis Karlsruhe auf. Die gelbe Leinenhaut meines soignierten Rohrplattenkoffers schauderte, als ein herkulischer, bärtiger, wildfremder Mann mit übelriechendem Leim eine Nummer auf den Koffer klebte. Ich musste an einem kleinen Fensterchen drei Mark achtzig bezahlen und bekam dafür ein dünnes Papier; dieses so wichtige Dokument nicht zu verlieren, war jetzt meine einzige Sorge.

Ich hatte noch eine dick angeschwollene Handtasche zu tragen, einen Regenkragen, einen Paletot, einen Schirm und einen Stock, mit einer Kordel zusammengebunden; der Stock rutschte immer heraus oder stellte sich quer. Dann hatte ich noch bei mir eine photographische Kamera, eine Tüte mit Schinkenbroten und drei weichgekochten Eiern für unterwegs; meinen Fahrplan für Süddeutschland und einen Packen Reiselektüre hielt ich krampfhaft gegen mich gepresst.

Ich kam an die Sperre. Wo habe ich mein Billett? Billetts habe ich immer in der linken Westentasche. Da ist es nicht. Oder rechts - auch nicht. Ich erbleichte - oder in der Innentasche des Rockes - oder in einer der Seitentaschen oder im Paletot. »Durchgehen, durchgehen, nicht die Passage versperren«, schrien hinter mir Ungeduldige. Der Mann mit der Zange hielt die Hand gezückt. Ich fand das Billett nicht. Ich stellte meinen ganzen Kram ab und ließ die Hände blitzschnell in allen Taschen herumsausen - zog andere Papiere mit heraus, die zu Boden fielen, bückte mich danach, mein Hut fiel ab, meine Brieftasche rutschte mir aus der Tasche. Der Angstschweiß trat mir auf die Stirn: mein Billett war weg. »Sehen Sie doch einmal ganz ruhig nach, Sie werden es schon finden«, meinte der Bahnsteigschaffner gütig. Das nützte auch nichts, das Billett war und blieb verschwunden. Ich musste 7 Uhr 20 weg, ich musste unbedingt weg, dann schon lieber ein neues Billett.

Ich stürzte zum Schalter. Am Schalter stand ein Mann, der nach Stallupönen wollte und sich auseinandersetzen ließ, auf welcher der vielen Routen er am besten dahin käme. Er war schwerhörig und verstand den Beamten nicht. Ich tanzte von einem Bein auf das andere. Ich stieß und drängte den Mann mit den Ellenbogen und rief in das Fensterchen: »Karlsruhe, schnell, schnell!« »Nach der Reihe, einer nach dem anderen, nicht vordrängen, Sie kommen auch noch daran«, verwies mich der Beamte milde. Der Mann, der nach Stallupönen wollte, schimpfte, legte sich dann extra breit vor das Fensterchen und ließ sich seinen Reiseweg weiter explizieren. 7 Uhr 17 zeigte die Uhr. Noch drei Minuten. Ich zitterte vor Aufregung. Daran sollte also die Reise scheitern! Endlich, endlich war der Mann erledigt. Ich schrie in das Fensterchen: »Karlsruhe, schnell, schnell!« Der Beamte war weggegangen. 7 Uhr 18, noch zwei Minuten. »Karlsruhe, zweiter, geben Sie mir doch ein Billett nach Karlsruhe!«, brüllte ich jetzt in das Fensterchen. Der Beamte kam langsam in den Kartenraum zurück, guckte mich wütend an und begann in seinem Fahrkartenschrank zu suchen. Dann legte er das Billett auf das Drehbrett: »Geld, Geld!«, fuhr er mich an. Ich hatte noch kein Geld ausgepackt. Ich kramte in den Taschen herum, versuchte mit dem Gold und Silber, welches ich bei mir führte, zu bezahlen. Es reichte nicht, ich musste einen Hundertmarkschein wechseln lassen. Das hielt wieder auf.

Auf 7 Uhr 20 schnappte der Zeiger, als ich mit meinem Billett zur Sperre stürzte. Schnell die Handtasche und die übrigen Sachen, die friedlich verstreut auf dem Boden meiner harrten. Ich raste durch den Bahnhofsgang, rannte eine alte Frau um, hinter mir her wurde geschimpft, eilte die Treppe hinauf und erreichte den Bahnsteig, als gerade der Zug langsam die Halle verließ. In einigen gewaltigen Sätzen hatte ich den letzten Wagen erreicht – ein Wagen vierter Klasse – »Zurückbleiben, wollen Sie wohl zurückbleiben«, schallte es hinter mir energisch. Ich lief noch ein Stückchen neben dem Zug her, dann gelang es mir, den Handgriff zu packen, ich schwang mich auf die Plattform. Mein Stock und Schirm kamen mir zwischen die Beine.

Ich kam zu Fall und stieß mir furchtbar das Schienbein an der Plattform. Mein pralles Köfferchen flog in hohem Bogen durch die Luft und platzte auf dem Steinboden des Perrons. Meine treuen Socken, meine Zahnbürste, mein Kamm, meine Seife, meine Pantoffeln, mein Nachthemd und mancherlei diskrete Bekleidungsstücke verstreuten sich auf dem Boden und waren den profanen Blicken hämischer Menschen preisgegeben. Mein schöner gelber Paletot war an einem Haken des Waggons hängen geblieben und schleppte über die fettigen Gleise. Meinen Regenkragen hatte ich schon auf der Treppe verloren, gleichzeitig mit dem Fahrplan und den Zeitungen. Die Kamera war mir bei dem Zusammenstoß mit der alten Frau aus der Hand geflogen. Mein Schirm und Stock hingen zerbrochen am Trittbrett. Ich lag auf dem Bauch auf der Plattform mit zerschundenem Schienbein, zerrissener Hose, ohne Hut, nur die Tüte mit den Schinkenbroten hielt ich noch krampfhaft in der Hand. Mit den Eiern schien etwas vor sich gegangen zu sein, es lief mir ein gelbes, nasses Etwas über die Finger. Egal, egal, ging auch alles zum Teufel, ich hatte meinen Zug erreicht.

Ich erhob mich ächzend aus meiner unwürdigen Lage. – Was war das? Der Zug fuhr langsamer, immer langsamer und stand dann ganz still und fuhr wieder zu meinem größten Entsetzen in den Bahnhof zurück: er hatte nur rangiert.

Viele energische Hände nahmen mich in Empfang. Man zog mich von der Plattform und schleppte mich in das Büro des Stationsvorstehers. Mein Bein tat mir scheußlich weh, ich konnte kaum gehen. Meine neue Hose hing in Fetzen herunter. Sehr mitgenommen sah ich aus. Alle Leute lachten, stießen meine schönen Sachen, die auf dem Perron herumlagen, mit Füßen und machten hässliche Witze.

»Nein, so was! Nein, so was ist nun doch noch nicht vorgekommen«, keuchte wütend neben mir ein Mann mit einer roten Mütze, »das muss exemplarisch bestraft werden, exxxx... x...emplarisch!!«

Mir war ganz unklar, warum dieser Mann so wütend war; ich hatte doch das kaputte Schienbein, mein Köfferchen war geplatzt, meine Socken, meine Zahnbürste, meine Seife und so weiter lagen auf dem Boden herum, mein Paletot war verdorben – –

Ganz willenlos, völlig gebrochen ließ ich mich in ein unfreundliches Zimmer mit hohen langweiligen Pulten schieben.

Ganz apathisch antwortete ich auf die seltsamsten Fragen. Dann musste ich ein Formular unterschreiben und zum Schluss vierzig Mark bezahlen.

Ein Mann, auch in Uniform, hatte Mitleid mit mir. »Wohin wollen Sie denn eigentlich?«, erkundigte er sich teilnehmend.

»Nach Karlsruhe mit dem Zug 7 Uhr 20«, schluchzte ich verzweifelt.

»7 Uhr 20 – 7 Uhr 20 – – – da fährt aber kein Zug nach Karlsruhe. Da müssen Sie sich irren.«

»In meinem Fahrplan steht dieser Zug«, jammerte ich weiter.

»7 Uhr 20 – warten Sie mal«, der freundliche Mann nahm ein Kursbuch zur Hand, »richtig, 7 Uhr 20 fährt ein Zug, das ist aber abends. Sie haben den Strich übersehen.« –

Ich suchte unter dem Feixen der Menge meine Sachen zusammen, schlich in den Wartesaal und begab mich daran, mich in schweren Dingen furchtbar zu betrinken. Vorher hatte ich den Portier mit heiligen Eiden und fünf Mark verpflichtet, mich, könne kommen, was da wolle, in den Zug 7 Uhr 20 abends nach Karlsruhe zu schaffen.

Viele Rotweinflaschen, leere Kognakflaschen, das war meine letzte Vision, dann weiß ich nicht mehr, was mit mir geschehen ist. – –

Die Sonne schien mir ins Gesicht, als ich wach wurde mit einem furchtbaren Brummschädel, einem entsetzlichen Sodbrennen, eingehüllt in eine dicke Kognakatmosphäre. Ich befand mich in einem fahrenden Zug.

»Billjät vorwiese, bittäh«, hörte ich jemand sagen. Ein Schaffner in einer fremden Uniform stand vor mir.

Verstört zog ich aus der linken Westentasche meine Fahrkarte.

»Sie hätten in Karlsruhe aussteigen müssen, wir sind bereits in Basel«, sagte mir der Mann kopfschüttelnd.

Schon fuhr auch der Zug in den Hauptbahnhof Basel ein.

Wieder längere, kostspielige Erörterungen auf dem Stationsbüro. –

Nach etwa drei Wochen langte ich in Z., dem Ziel meiner Reise, völlig verwahrlost und heruntergekommen an. Ich war in der Zwischenzeit unfreiwillig in Genua, Zürich, München, Hannover, Saarbrücken, Bromberg gewesen, hatte vier Tage in Polizeigewahrsam, einen Tag auf dem Konsulat, eine Nacht im Gasthaus zur Heimat, eine Nacht in der Wanderer-Arbeitsstelle, eine Nacht in einem Trinkerasyl, zwei volle Tage in einer Irrenanstalt, zwei Nächte im Obdach der inneren Mission und die übrige Zeit auf der Eisenbahn und in Wartesälen zugebracht. Ein grässlicher Fluch heftete sich an meine Fersen: unstet und flüchtig. Nie, aber auch nie im richtigen Zuge. –

Bromberg. Ich hatte keine Knöpfe mehr an meiner Hose und litt die bitterste Not. Ich hatte zwei Sorten Knöpfe an meiner Hose gehabt, große und kleine. Die Knöpfe funktionierten in den Schokoladenautomaten – von den kleinen Knöpfen musste man zwei hineinstecken. So hatte ich mich während der letzten Tage ernährt.

Jetzt war ich völlig mittellos. Mein mitgenommenes Geld hatte gerade vier Tage gereicht, dann lebte ich von Spenden und Reisegeldern, die ich von den gemeinnützigen Instituten zur Reise in meine Heimat erhielt. – Trübsinnig, völlig verzweifelt vor mich hinstarrend schleiche ich über den Perron. Tritt da plötzlich ein elegant gekleideter Herr in den besten Jahren auf mich zu, schlägt mir auf die Schulter und ruft:

»Hallo, Mister Caruso!«

Ich knicke unter der Wucht des Schlages zusammen, recke mich in meiner ganzen Größe krachend auf und schmettere einen fulminanten Triller über den Bahnhof Bromberg. Im Nu hat sich ein Kreis andächtiger Zuhörer um mich gebildet.

Eine Idee! Ich sang den ersten Vers von *Weißt Du, Mutterl, was i träumt hab'* – etwas anderes fiel mir nicht ein – frenetisches Beifallsrasen, als ich geendet.

Das Glück bei der Stirnlocke und mein fettiges Hütlein bei der Krempe fassend, machte ich die Runde. – Es regnete Goldstücke. – –

Es sei ihm, wie ihm sei – zwei Tage später war ich tatsächlich in B.

Duliöh, djuchhei, in der Sommerfrische!

**Joseph Roth**

## Ankunft im Hotel

Das Hotel, das ich wie ein Vaterland liebe, liegt in einer der großen europäischen Hafenstädte, und die schweren, goldenen Antiqua-Lettern, in denen sein banaler Name über den Dächern der langsam emporsteigenden Häuser aufleuchtet, sind für mein Auge lauter metallene Fahnen, stehende Fähnchen, die zur Begrüßung glänzen statt zu flattern. Wie andere Männer zu Heim und Herd, zu Weib und Kind heimkehren, so komme ich zurück zu Licht und Halle, Zimmermädchen und Portier – und es gelingt mir immer, die Zeremonie der Heimkehr so vollendet abrollen zu lassen, dass die einer förmlichen Einkehr ins Hotel gar nicht beginnen kann. Der Blick, mit dem mich der Portier begrüßt, ist mehr als eine väterliche Umarmung. Und als wäre er wirklich mein Vater, bezahlt er aus eigener Westentasche den Chauffeur, um den ich mich nicht mehr kümmere. Der Empfangschef im Cutaway tritt aus seinem gläsernen Verschlag und lächelt mehr, als er sich verbeugt. So selig scheint ihn meine Ankunft zu machen, dass sein Rücken seinem Mund Freundlichkeit abgibt und das Berufliche sich mit dem Menschlichen in der Begrüßung teilt. Er würde sich schämen, mir einen Meldezettel vorzulegen; so genau weiß er, dass ich das Gesetz als eine persönliche Beleidigung empfinde. Meinen Meldezettel schreibt er später, wenn ich schon im Zimmer bin, mit eigener Hand, obwohl er keine Ahnung hat, woher ich komme. Nach Lust und Laune schreibt er irgendeinen Namen hin, einen der Städte, die er für würdig hält, von mir besucht zu werden. Meine Daten sind ihm geläufiger als mir selbst. Wahrscheinlich kehren im Laufe der Jahre noch andere Männer bei ihm ein, die so heißen wie ich. Aber ihre Daten kennt er nicht, und stets erscheinen sie ihm ein wenig verdächtig, als wären sie illegale Usurpatoren meines Namens. Der Liftboy nimmt meine Koffer unter seine Arme. So dürfte ein Engel seine Flügel ausbreiten. Niemand fragt, wie lange ich zu bleiben gedenke, ob eine Stunde oder ein Jahr: dem Vaterland ist beides lieb. Der Portier flüstert mir zu: »627! ist Ihnen recht?« – – als wüsste ich so genau wie er, was es für ein Zimmer ist … Nun – ich weiß es ja auch! Ich liebe das »Unpersönliche« dieses Zimmers, wie ein Mönch seine Zelle lieben mag. Und wie andere erfreut ihre Bilder wiedersehen mögen, ihre Teller, ihre Löffel, ihre Kinder und ihre Bibliotheken, begrüße ich die billige Tapete, das schimmernde, unschuldige Porzellan der Schüssel, die weißen, metallenen, blinkenden Hähne der Wasserleitung und das weiseste aller Bücher: das Telephonbuch. Mein Fenster geht natürlich nie in den Hof. Es ist das Fenster eines Stammgastes, es hat kein Visavis und führt dennoch in eine Straße. Gegenüber sind: ein Schornstein, der Himmel und eine Wolke … Aber es ist immerhin nicht so entlegen, dass nicht die summarische Melodie des großen, benachbarten Platzes als ein Echo der lieben Welt an meine Wände heranschlüge; dermaßen, dass ich einsam bin und nicht vereinsamt, allein und nicht verlassen, abgesondert und nicht getrennt. Wenn ich das Fenster öffne, ist die Welt bei mir zu Gast. Von weither dröhnen die heiseren Sirenen der Schiffe. Ganz nahe klingeln die törichten Schellen der

Straßenbahnen. Die Autohupen scheinen mich beim Namen zu rufen – wie zu einem Landesvater grüßen sie zu mir herauf. Der Schutzmann in der Mitte regelt die Manifestation. Die Zeitungsjungen werfen Blätternamen empor wie Bälle. Und kleine Straßenszenen arrangieren sich wie Theaterstücke. Ein Druck auf den Knopf aus falschem Elfenbein: und rückwärts im Korridor leuchtet ein grünes Lämpchen auf, Signal für den Kellner. Da ist er schon! Seine berufliche Beflissenheit ist nur noch in seinem Frack vorhanden – in seiner Brust unter dem steifen Hemd wohnt die menschliche Wärme; eigens für mich aufbewahrt, gehütet während der ganzen Zeit meiner Abwesenheit. Wenn er der Küche tief unten telephonisch meine Bestellung weitergibt, vergisst er nicht hinzuzufügen, für wen er bestellt; und wie mein Druck auf den Knopf das grüne Lämpchen im Korridor entzündet hat, so ruft der Klang meines Namens im Gedächtnis des Kochs eine bestimmte Erinnerung an die Wünsche meines Geschmacks hervor. Der Kellner lächelt. Hier ist es ihm erspart zu reden. Er braucht nichts mehr zu fragen. Er hat keinen Irrtum zu befürchten. Er ist bereits so mit mir vertraut, dass er mir gerne das Trinkgeld stunden würde – gegen Zinsen. Sein Glaube an die Unerschöpflichkeit meiner Einnahmequellen ist selbst unerschöpflich. Und käme ich in Lumpen und als ein Bettler daher, er hielte es für eine witzige Verkleidung. Er weiß, dass ich nur ein Schriftsteller bin. Und dennoch gibt er mir Kredit …

Ich hebe das Telephon ab. Nicht, um zu telephonieren – – nur, um dem Telephonisten in der Zentrale des Hotels Guten Tag! zu sagen. Er verbindet mich oft und fleißig. Er verleugnet mich. Er warnt mich. Er teilt mir des Morgens wichtige Begebenheiten aus der Zeitung mit. Und wenn der Geldbriefträger zu mir kommt, verkündet er es mir mit einem diskreten Jubel. Er ist ein Italiener. Der Kellner ist ein Österreicher. Der Portier ein Franzose aus der Provence. Der Empfangschef ein Mann aus der Normandie. Der Oberkellner ein Bayer. Das Zimmermädchen eine Schweizerin. Der Lohndiener ein Holländer. Der Direktor ein Levantiner; und seit Jahren hege ich den Verdacht, dass der Koch ein Tscheche ist. Aus den übrigen Teilen der Welt kommen die Gäste. Die Kontinente und die Meere, die Inseln, die Halbinseln, die Schiffe, die Christen, die Juden, die Buddhisten, die Mohammedaner und selbst die Dissidenten sind in diesem Hotel vertreten. Der Kassier addiert, subtrahiert, zählt, schwindelt in allen Sprachen, wechselt alle Geldsorten. Von der Enge ihrer Heimatliebe befreit, von der Dumpfheit ihrer patriotischen Gefühle gelöst, von ihrem nationalen Hochmut ein wenig beurlaubt, kommen hier die Menschen zusammen und scheinen wenigstens, was sie immer sein sollten: Kinder der Welt.

Bald werde ich hinuntergehen – und das erst wird meine echte Ankunft sein. Der Empfangschef wird herankommen, um mir Neuigkeiten zu erzählen und von mir Neuigkeiten zu hören. Sein Interesse gilt mir ganz, wie das des Astronomen dem Kometen in der ersten Stunde des Wiedererscheinens am Horizont. Habe ich mich verändert? Bin ich überhaupt noch derselbe? Das Auge, delikat und genau wie ein Fernrohr, mustert den Stoff meines Anzugs, die Form meiner Stiefel – und die Versicherung: »Sie sehen erfreulich gut aus!« bezieht sich weniger auf den Zustand meiner Gesundheit als auf den scheinbaren meiner Zahlungsfähigkeit. Ja, noch sind Sie der Alte!, sagt eigentlich dieses Kompliment. – Noch sind Sie Gott sei Dank nicht so tief gesunken, um in ein anderes Hotel gehen zu müssen. Sie sind unser Gast und unser Kind! Sie bleiben es!

Mein Interesse hinwiederum gilt allem, was das Hotel betrifft, als hätte ich wirklich einmal Anteile zu erben. Wie die Geschäfte in diesem Monat gehen? Welche Schiffe in diesem Monat ankommen? Lebt der alte Kellner noch? Der Direktor war krank? Kein internationaler Hoteldieb dagewesen? – In dieser schönen Stunde kümmert mich alles! Ich möchte die Bücher nachsehen, die Einnahmen kontrollieren. Unterscheide ich mich etwa von einem Mann, der aus Patriotismus das Budget seines Staates kontrolliert, die politische Richtung seiner Minister, die Gesundheit des Staatsoberhauptes, die Organisation der Polizei, die Ausrüstung des Heeres, die Panzerkreuzer der Marine? Ich bin ein Hotelbürger, ein Hotelpatriot.

Bald, bald kommt der Augenblick, wo der Portier in ein entlegenes Fach greift und ein Bündel Briefe, Telegramme, Zeitschriften für mich hervorlangt. Ein schneller Blick fliegt aus der Loge zu mir herüber, der Vorbote der Botschaften. Veraltet und dennoch neu sind die Briefe. Sie haben lange auf mich gewartet. Ihren Inhalt kenne ich schon zum Teil, habe ihn auf anderen Wegen bereits erfahren. Aber wer weiß?! Unter den Briefen, die ich vermute, sind vielleicht andere, die mich überraschen, vielleicht gar aus dem Gleichgewicht bringen, in eine neue Bahn stoßen?! Wie kann der Portier so ruhig lächeln, während er mir die Post übergibt? Seine Ruhe ist die Folge einer langen Erfahrung, einer väterlichen, bittersüßen Weisheit. Er weiß schon, dass nichts Überraschendes kommt, er weiß von der Monotonie des bewegten Lebens, und niemand kennt so gut wie er die Lächerlichkeit meiner vagen, romantischen Vorstellungen. An den Koffern erkennt er die Passagiere und an den Umschlägen die Briefe. »Hier ist die Post!«, sagt er gleichgültig. Und dennoch vollführt seine Hand, die mir das Paket reicht, noch eine höfliche Wendung im Gelenk, sie verbeugt sich gleichsam selbständig, nach einem uralten Brauch, einem Ritus der Portierhände …

Hier in der Halle bleibe ich sitzen. Sie ist die Heimat und die Welt, die Fremde und die Nähe, meine ahnenlose Galerie!

**Walter Benjamin**

## Abreise und Rückkehr

Der Lichtstreif unter der Schlafzimmertür, am Vorabend, wenn die andern noch auf waren – war er nicht das erste Reisesignal? Drang er nicht in die Kindernacht voller Erwartung wie später in die Nacht eines Publikums der Lichtstreif unter dem Bühnenvorhang? Ich glaube, das Traumschiff, das einen damals abholte, ist oft über den Lärm der Gesprächswogen und die Gischt des Tellergeklappers vor unsere Betten geschwankt, und am frühen Morgen hat es uns abgesetzt, fiebrig, als wenn wir die Fahrt schon hinter uns hätten, die wir eben erst antreten sollten. Fahrt in einer ratternden Droschke, die den Landwehrkanal entlang fuhr und in der mir plötzlich das Herz schwer wurde. Gewiss nicht wegen des Kommenden oder des Abschieds; sondern das öde Beisammensitzen, das noch anhielt, noch dauerte, nicht vom Anhauch der Reise wie ein Gespenst vor der Morgendämmerung verflogen war, überschlich mich mit Traurigkeit. Aber nicht lange. Denn wenn der Wagen die Chausseestraße hinter sich hatte, war ich wieder mit den Gedanken unserer Bahnfahrt vorangeeilt. Seither münden für mich die Dünen Koserows oder Wenningstedts hier in der Invalidenstraße, wo den andern die Sandsteinmassen des Stettiner Bahnhofs entgegentreten. Meist aber war in der Frühe das Ziel ein näheres. Nämlich der »Anhalter«, laut des Namens Mutterhöhle der Eisenbahnen, wo die Lokomotiven zu Hause sein und die Züge anhalten mussten. Keine Ferne war ferner, als wo im Nebel seine Gleise zusammenliefen. Doch auch die Nähe, die mich eben noch umfangen hatte, rückte ab. Die Wohnung lag der Erinnerung verwandelt vor. Mit ihren Teppichen, die eingerollt, den Lüstern, die in Sackleinwand vernäht, den Sesseln, die überzogen waren, mit dem Halblicht, das durch die Jalousien sickerte, gab sie, indem wir eben erst den Fuß aufs Trittbrett unseres D-Zug-Wagens setzten, der Erwartung von fremden Sohlen, leisen Tritten Raum, die, vielleicht bald, über die Dielen schleifend, Diebsspuren in den Staub einzeichnen sollten, der seit einer Stunde gemächlich seine Niederlassungen bezog. Daher geschah es, dass ich jedes Mal als Heimatloser aus den Ferien kam. Und noch die letzte Kellerhöhle, wo die Lampe schon brannte – nicht erst zu entzünden war – schien mir beneidenswert, mit unserer Wohnung verglichen, die im Westen dunkelte. So boten bei der Heimkehr aus Bansin oder aus Hahnenklee die Höfe mir viel kleine, traurige Asyle an. Dann freilich schloss die Stadt sie wieder ein, als reue ihre Hilfsbereitschaft sie. Wenn dennoch einmal der Zug vor ihnen zögerte, so war es, weil ein Signal kurz vor der Einfahrt uns die Strecke sperrte. Je langsamer er fuhr, desto schneller zerging die Hoffnung, hinter Brandmauern der nahen Elternwohnung zu entkommen. Doch diese überzähligen Minuten, eh alles aussteigt, stehen heute noch in meinen Augen. Mancher Blick hat sie vielleicht gestreift wie in den Höfen. Fenster, die in schadhaften Mauern stecken und hinter denen eine Lampe brennt.

**Franz Kafka**

## Heimkehr

Ich bin zurückgekehrt, ich habe den Flur durchschritten und blicke mich um. Es ist meines Vaters alter Hof. Die Pfütze in der Mitte. Altes, unbrauchbares Gerät, ineinander verfahren, verstellt den Weg zur Bodentreppe. Die Katze lauert auf dem Geländer. Ein zerrissenes Tuch, einmal im Spiel um eine Stange gewunden, hebt sich im Wind.

Ich bin angekommen. Wer wird mich empfangen? Wer wartet hinter der Tür der Küche? Rauch kommt aus dem Schornstein, der Kaffee zum Abendessen wird gekocht. Ist dir heimlich, fühlst du dich zu Hause? Ich weiß es nicht, ich bin sehr unsicher. Meines Vaters Haus ist es, aber kalt steht Stück neben Stück, als wäre jedes mit seinen eigenen Angelegenheiten beschäftigt, die ich teils vergessen habe, teils niemals kannte. Was kann ich ihnen nützen, was bin ich ihnen und sei ich auch des Vaters, des alten Landwirts Sohn. Und ich wage nicht an die Küchentür zu klopfen, nur von der Ferne horche ich, nur von der Ferne horche ich stehend, nicht so, dass ich als Horcher überrascht werden könnte. Und weil ich von der Ferne horche, erhorche ich nichts, nur einen leichten Uhrenschlag höre ich oder glaube ihn vielleicht nur zu hören, herüber aus den Kindertagen. Was sonst in der Küche geschieht, ist das Geheimnis der dort Sitzenden, das sie vor mir wahren. Je länger man vor der Tür zögert, desto fremder wird man. Wie wäre es, wenn jetzt jemand die Tür öffnete und mich etwas fragte. Wäre ich dann nicht selbst wie einer, der sein Geheimnis wahren will.

**Peter Hille**

**Maienfrühe**

*Der Sonne Geburtstag*
*(Bei Goslar)*

Die Schieferdächer zottig und breit,
Noch wacht kein einzig Haus,
Zartklare Gegend und Einsamkeit,
Da jubelt ein Vöglein sich aus.

Die Sonne zu grüßen, so steigt es hinan
In reiner und reineres Blau,
Bis man es nicht mehr sehen kann,
Nun jubelt die Himmelsau.

Die Schieferdächer zottig und lang,
Schroff ragt ein Berg einher,
Die Mondsichel zart und morgenbang,
Da Wolkenfleisch, blühend und schwer.

Die Lerche hat die Sonne gesehn
Und sinkt nun wieder zu Tal,
Das hören die Morgenwinde und wehn,
Froh glühen die Wölklein zumal.

Kirschbäume stehn und richten sich aus
Und schauen stumm sich um,
Wie Kinder stehn mit Spruch und Strauß
So köstlich blöd und dumm.

Siehe, da blitzt es freudig erhellt,
Da hebt es sich und steigt,
Das liebeleuchtende Antlitz der Welt,
Und unsre Seele schweigt.

**Arno Holz**

Zwischen Bergen im Sonnenschein
liegt am Fluss das Städtchen.

Hier oben von meinem Meilenstein seh ich über alle Dächer.

Kerzengrade steigt der Rauch.

Durch einen blühenden Holunderbusch
unterscheide ich deutlich,
unter der alten Grünspankuppel,
die Turmuhr.

Ein himmelblaues Zifferblatt mit weißen Zahlen.

Noch drei kleine Striche,
und die gesamte Bürgerschaft
setzt sich pünktlich zu Mittag.

Zwölf!

Es ist heute Sonnabend, es gibt also überall Eierkuchen.

Ich köpfe vergnügt eine Distel
und wandre weiter.

**Franz Hessel**

## Die Kunst spazieren zu gehn

Diese altertümliche Fortbewegungsform auf zwei Beinen sollte gerade in unserer Zeit, in der es so viel andre zweckmäßigere Transportmittel gibt, zu einem besonders reinen zweckentbundenen Genuss werden. Zu deinen Zielen bringen dich die privaten und öffentlichen Benzinvulkane und andre Vehikel. Für deine Gesundheit magst du das sogenannte Footing machen, diese Art beschwingteren Exerzierens, bei dem man so damit beschäftigt ist, die Bewegungen richtig auszuführen und mit richtigem Atmen zu verbinden, dass man nicht dazu kommt, gemächlich nach rechts und links zu schauen. Spazierengehn ist weder nützlich noch hygienisch, es ist ein Übermut, wie – nach Goethe – das Dichten. Es ist wie jedes Gehen und mehr als jedes andre Gehen zugleich ein Sichgehenlassen: man fällt von einem Fuß auf den andern und balanciert diesen Vorgang. Kindertaumel ist in unserm Gehen und das selige Schweben, das wir Gleichgewicht nennen.

Ich darf in diesen ›ernsten Zeiten‹ das Spazierengehn getrost empfehlen. Es ist wirklich kein spezifisch bürgerlich-kapitalistischer Genuss. Es ist ein Schatz der Armen und fast ihr Vorrecht.

Gegen den zunächst berechtigt erscheinenden Einwand der Beschäftigten: »Wir haben keine Zeit, spazieren zu gehn!« mache ich dem, der diese Kunst erlernen oder nicht verlernen möchte, den Vorschlag: Steige gelegentlich auf deinen Wegen eine Station vor dem Ziel aus dem Autobus oder Auto und ergehe dich ein paar Minuten. Wie oft bist du zu früh am Ziel und musst eine öde Wartezeit in Büros und Vorzimmern mit Zeitungslektüre und Ungeduld verbringen. Mach Ferien des Alltags aus solchen Minuten und flaniere ein Stück Wegs. In jedem von uns lebt ein heimlicher Müßiggänger, der seine leidigen Beweggründe bisweilen vergessen und sich grundlos bewegen will. Dem wird die Straße ein Wachtraum, Schaufenster sind ihm nicht Angebote, sondern Landschaften, Firmennamen, besonders die Doppelnamen mit dem so Verschiedenes verbindenden & in der Mitte werden ihm mythologische Gestalten und Märchenpersonen, die Anschläge an Häusern und Hauseingängen kuriose, erheiternde oder grausige Abkürzungen des Lebens und Treibens. Keine Zeitung liest sich so spannend wie die leuchtende Wanderschrift, die dachentlang über Reklameflächen gleitet. Und das Verschwinden dieser Schrift, die man nicht zurückblättern kann wie ein Buch, ist ein augenfälliges Symbol der Vergänglichkeit – einer Sache, die der echte Genießer immer wieder gern eingeprägt bekommt, um die Wichtigkeit und Einzigkeit seines zwecklosen Tuns im Bewusstsein zu behalten.

Ich schicke dich zeitgenössischen Spaziergangsaspiranten nicht in fremde Gegenden und zu Sehenswürdigkeiten. Besuche deine eigne Stadt, spaziere in deinem Stadtviertel, ergehe dich in dem steinernen Garten, durch den Beruf, Pflicht und Gewohnheit dich führen. Erlebe im Vorübergehn die Geschichte von ein paar Dutzend Straßen. Beobachte ganz nebenbei, wie sie einander das Leben zutragen und wegsaugen, wie sie abwechselnd oder fortfahrend stiller und lebhafter, vornehmer und ärmlicher, kompakter und bröckliger werden, wie alte Gärten sich inselhaft erhalten oder von nachbarlichen Brandmauern bedrängt absterben. Erlebe, wie und wann die Straßen fieberhaft oder schläfrig werden, wo das Leben zum stoßweis drängenden Verkehr, wo es zum behaglich drängelnden Betrieb wird. Lern Schwellen kennen, die immer stiller werden, weil immer seltener fremde Füße sie beschreiten und sie die bekannten, die täglich kommen, im Halbschlaf einer alten Hausmeisterin wiedererkennen. Und neben all diesem Bleibenden oder langsam Vergehenden bietet sich deiner Wanderschau und ambulanten Nachdenklichkeit die Schar der vorläufigen, provisorischen Baulichkeiten, der Abbruchsgerüste, Neubauzäune, der Bretterverschläge, die zu leuchtenden Farbflecken werden im Dienst der Reklame, zu Stimmen der Stadt, zu Wesen, die rufend und winkend auf dich einstürmen, während die alten Häuser von dir wegrücken. Und hinter den Latten, durch Lücken sichtbar, Schlachtfelder aus Steinen, widerstandslose Massen von Material, in welche eiserne Krane und stählerne Hebel greifen.

Verfolge en passant die Lebensgeschichte der Läden und der Gasthäuser. Lern das Gesetz, das einen abergläubisch machen kann, von den Stätten, die kein Glück haben, obwohl sie günstig gelegen scheinen, den Stätten, wo die Besitzer und die Art des Feilgebotenen immer wieder wechseln. Wie sie sich, wenn ihnen der Untergang droht, fieberhaft übertreiben, diese Läden, mit Ausverkauf, aufdringlichem Angebot und großgeschriebenen niedrigen Preisen! Wie viel Schicksal, Gelingen und Versagen kannst du von Warenauslagen und Speisekartenpreisen ablesen, ohne dass du durch Türen trittst und Besitzer und Angestellte siehst. Ja, was da liegt, hängt, zu lesen ist, sagt dir oft mehr als Worte und Benehmen der Menschen. Und da komm ich auf ein wichtiges Erlebnis des Spaziergängers: Er braucht nicht einzutreten, er braucht sich nicht einzulassen. Ihm genügen Schaufenster und das Schauspiel der Aus- und Eingänge. Von Aufschriften liest er das Leben ab. Und wenn er aufblickt und wegblickt von den Dingen, sagen ihm auch die Gesichter der vorübergehenden Unbekannten mit einmal mehr.

Es ist das unvergleichlich Reizvolle am Spazierengehn, dass es dich ablöst von deinem mehr oder weniger leidigen Privatleben. Du verkehrst, du kommunizierst mit lauter fremden Zuständen und Schicksalen. Das merkt der echte Spaziergänger an dem merkwürdigen Erschrecken, das er verspürt, wenn in der Traumstadt seines Flanierens ihm plötzlich ein Bekannter begegnet und er dann mit jähem Ruck wieder ganz einfach ein feststellbares Individuum ist.

Das Spazierengehn ist nur selten eine gesellige Angelegenheit wie etwa das Promenieren, das wohl früher einmal (jetzt nur noch in Städten, wo es eine Art Korso gibt) ein hübsches Gesellschaftsspiel, eine reizvolle theatralische oder novellistische Situation gewesen sein mag. Es ist gar nicht leicht, mit einem Begleiter spazieren zu gehn. Nur wenig Leute verstehen sich auf diese Kunst. Kinder, diese sonst in Vielem vorbildlichen Geschöpfe, machen aus dem Spazieren ein Unternehmen mit heimlichen Spielregeln, sind so beschäftigt, beim Beschreiten des Pflasters das Berühren der Randflächen und sandigen Ritzen zu vermeiden, dass sie nicht aufschauen können; oder sie benutzen die Reihenfolge der Dinge, an denen sie vorbeikommen, zu seltsam abergläubischen Berechnungen, sie trödeln oder eilen, sie gehn nicht spazieren. Leute, die berufsmäßig beobachten, Maler und Schriftsteller, sind oft sehr störende Begleiter, weil sie ausschneiden und umrahmen, was sie sehn, oder es ausdeuten und umdeuten, auch zu plötzlich stehn bleiben, statt das Wanderbild wunschlos in sich aufzunehmen. Und so bist du echter Spaziergänger meist allein und musst dich hüten, zu der düstern Romanfigur zu werden, die ihr eignes Leben von den Häuserkulissen abliest, wenn sie mit melancholisch hallenden Schritten die Straße durchmisst, um dem Autor des Buches zur Exposition seiner Geschichte Gelegenheit zu geben.

Der richtige Spaziergänger ist wie ein Leser, der ein Buch nur zu seinem Zeitvertreib und Vergnügen liest – ein selten werdender Menschenschlag heutzutage, da die meisten Leser in falschem Ehrgeiz wie auch die Theaterbesucher sich für verpflichtet halten, ihr Urteil abzugeben (ach das viele Urteilen! Selbst die Kunstrichter sollten lieber weniger urteilen und mehr besprechen. Schön wärs, wenn Kritiker, was sie behandeln, besprechen könnten wie Zauberer die Krankheiten).

Also eine Art Lektüre ist die Straße. Lies sie. Urteile nicht. Finde nicht zu schnell schön und hässlich. Das sind ja alles so unzuverlässige Begriffe. Lass dich auch täuschen und verführen von Beleuchtung, Stunde und dem Rhythmus deiner Schritte.

Werde Menge. Schließ dich zeitweilig Umzügen an. Mach Aufläufe mit. Wenn gerade irgendwo Geschäftsschluss oder das Theater aus ist, so bleib ein Weilchen stehn, als erwartetest du jemanden. Solche gespielte Absicht entrückt dich nicht der schönen Zwecklosigkeit deines Tuns.

Bei langem Gehn bekommst du nach einer ersten Müdigkeit neuen Schwung. Dann trägt das Pflaster dich mütterlich, es wiegt dich wie ein wanderndes Bett. Und was du alles siehst in diesem Zustand angeblicher Ermattung! Was dich alles ansieht! Immer vertrauter wird mit dir die Straße. Sie lässt ihre älteren Zeiten durchschimmern durch die Schicht Gegenwart. Was kannst du da, sogar in unserem Berlin, erleben in gar nicht offiziell historischen Gegenden. Ich brauche dich nicht in den Krögel oder nach Altkölln zu schicken.

Noch einen Rat: es empfiehlt sich, nicht ganz ziellos zu gehn. Du wunderst dich nach dem, was ich bisher gesagt habe, über diese Äußerung? Aber auch in dem ›Aufs Geratewohl‹ gibt es einen Dilettantismus, der ungünstig ist. Beabsichtige, irgendwohin zu gelangen. Vielleicht kommst du in angenehmer Weise vom Wege ab. Aber der Abweg setzt immer einen Weg voraus.

Wenn du unterwegs etwas ansehn willst, geh nicht zu gierig darauf los. Sonst entzieht es sich dir. Lass ihm Zeit, auch dich anzusehn. Es gibt ein Aug in Aug auch mit den sogenannten Dingen. Wohingegen es sich bei Menschen oft empfiehlt, sie ungesehen anzuschauen. Da geben sie ungewollt Leben her, das sie im streitbaren Treffen der Blicke verteidigend vorenthalten.

Da habe ich nun immer nur vom Spazieren in der Stadt gesprochen. Nicht von der merkwürdigen Zwischen- und Übergangswelt: Vorstadt, Weichbild, Bannmeile mit all ihrem Unaufgeräumten, Stehengebliebenen, mit den plötzlich abschneidenden Häuserreihen, mit Schuppen, Lagern, Schienensträngen, mit dem Laubhüttenfest der Schrebergärten. Aber da ist schon der Übergang zum Lande und zum Wandern. Und das Wandern ist wieder ein ganz andres Kapitel aus der Schule des Genusses. Schule des Genusses? Ja, in die müssten wir wieder gehn. Eine schwere Schule, eine holde und strenge Zucht. Am Ende aber gibt es sie gar nicht; und wenn man sie zu gründen versuchte, es käme ein schrecklicher ›Ernst des Lebens‹ dabei heraus.

## Ernst Toller

### Eine Jugend in Deutschland

Ich denke an meine frühe Jugend, an den Schmerz des Knaben, den die anderen Buben »Jude« schimpften, an mein kindliches Zwiegespräch mit dem Bild des Heilands, an die schreckliche Freude, die ich empfand, wenn ich nicht als Jude erkannt wurde, an die Tage des Kriegsbeginns, an meinen leidenschaftlichen Wunsch, durch den Einsatz meines Lebens zu beweisen, dass ich Deutscher sei, nichts als Deutscher. Aus dem Feld hatte ich dem Gericht geschrieben, es möge mich aus den Listen der jüdischen Gemeinschaft streichen. War alles umsonst? Oder habe ich mich geirrt? Liebe ich nicht dieses Land, habe ich nicht in der reichen Landschaft des Mittelländischen Meers gebangt nach den kargen, sandigen Kiefernwäldern, der Schönheit der stillen versteckten Seen des deutschen Nordens? Rührten mich nicht die Verse Goethes und Hölderlins, die ich als wacher Knabe las, zu dankbarer Ergriffenheit? Die deutsche Sprache, ist sie nicht meine Sprache, in der ich fühle und denke, spreche und handle, Teil meines Wesens, Heimat, die mich nährte, in der ich wuchs?

Aber bin ich nicht auch Jude? Gehöre ich nicht zu jenem Volk, das seit Jahrtausenden verfolgt, gejagt, gemartert, gemordet wird, dessen Propheten den Ruf nach Gerechtigkeit in die Welt schrien, den die Elenden und Bedrückten aufnahmen und weitertrugen für alle Zeiten, dessen Tapferste sich nicht beugten und eher starben, als sich untreu zu werden? Ich wollte meine

Mutter verleugnen, ich schäme mich. Dass ein Kind auf den Weg der Lüge getrieben wurde, welch furchtbare Anklage gegen alle, die daran teilhatten.

Bin ich darum ein Fremder in Deutschland? Hat allein die Fiktion des Blutes zeugende Kraft? Nicht das Land, in dem ich aufwuchs, die Luft, die ich atmete, die Sprache, die ich lebe, der Geist, der mich formte? Ringe ich nicht als deutscher Schriftsteller um das reine Wort, das reine Bild? Fragte mich einer, sage mir, wo sind deine deutschen Wurzeln, und wo deine jüdischen, ich bliebe stumm.

In allen Ländern regt sich verblendeter Nationalismus und lächerlicher Rassenhochmut, muss ich an dem Wahn dieser Zeit, an dem Patriotismus dieser Epoche teilnehmen? Bin ich nicht auch darum Sozialist, weil ich glaube, dass der Sozialismus den Hass der Nationen ebenso wie den der Klassen überwinden wird?

Die Worte »Ich bin stolz, dass ich ein Deutscher bin«, oder »Ich bin stolz, dass ich ein Jude bin« klingen mir so töricht, wie wenn ein Mensch sagte: »Ich bin stolz, dass ich braune Augen habe.«

Soll ich dem Wahnwitz der Verfolger verfallen und statt des deutschen Dünkels den jüdischen annehmen? Stolz und Liebe sind nicht eines, und wenn mich einer fragte, wohin ich gehöre, ich würde antworten: ›Eine jüdische Mutter hat mich geboren, Deutschland hat mich genährt, Europa mich gebildet, meine Heimat ist die Erde, die Welt mein Vaterland.‹

**Wilhelm Busch**

## Abschied

Ach, wie eilte so geschwinde
Dieser Sommer durch die Welt.
Herbstlich rauscht es in der Linde,
Ihre Blätter mit dem Winde
Wehen übers Stoppelfeld.

Hörst du in den Lüften klingend,
Sehnlich klagend das Kuru?
Wandervögel, flügelschwingend,
Lebewohl der Heimat singend,
Ziehn dem fremden Lande zu.

Morgen muss ich in die Ferne.
Liebes Mädchen, bleib mir gut.
Morgen lebt in der Kaserne,
Dass er exerzieren lerne,
Dein dich liebender Rekrut.

## Edlef Köppen

### Heeresbericht

Eines Morgens kam Reisiger bedrückt aus dem Graben. Die Nacht war unangenehm gewesen. Die Infanterie hatte Verluste gehabt. Man hatte einige Verwundete in den Artillerieunterstand gelegt. Dort waren sie neben ihm gestorben. Er ging gequält den Weg zur Feuerstellung.

Am Haus vom Hauptmann wurde er vom Burschen gerufen. Mosel selber erschien: Wo er hinwolle? – In die Feuerstellung, abgelöst aus der Beobachtungsstelle im Graben. – Ob er Lust habe, Mosel einen Gefallen zu tun? – Zu Befehl. – Es gäbe an der Kirche in Lens ein Kaufhaus mit frischen Pfirsichen. Er solle das Rad des Burschen nehmen, dorthin fahren, ein Dutzend holen.

Lens, Lens! Überlegen gab es nicht, trotz Müdigkeit und Depressionen. Außerdem ist die Bitte um einen privaten Gefallen nichts anderes als ein Befehl.

Also aufs Fahrrad und los.

Ach, seit einem Jahr zum ersten Mal in einer richtigen Stadt. Breite gepflasterte Straßen, hier eingangs gleich sehr schöne, weiße Villen, aha, hier wohnten einst die Fürsten der Kohlenbergwerke. Große Gärten, schöne Platanen. Das alles nicht gepflegt, aber noch mit viel Abglanz von Frieden. Manchmal freilich ist eine Wand herausgestoßen, in einem Dach sitzt ein gewaltiges Loch, aus dem verbrannte Rippen herausstarren. Aber man sieht nicht, was man nicht sehen will.

Es ist so etwas wie Frieden hier. Ein Bummel: sehr viel Militär, Infanterie, Pioniere, Husaren. Viele Autos, meistens mit höheren Offizieren.

Und vor allem: Zivilbevölkerung.

Reisiger hat große Freude daran, mit der Glocke des Fahrrads bei jeder nur passenden Gelegenheit zu klingeln. Auch das ist ja Frieden. Genau wie zu Hause. Diese blödsinnige Frau mit ihrem Kind soll sich vom Fahrdamm wegscheren, wenn ein Radfahrer kommt. Der alte Herr könnte seinen Hund auch lieber an die Leine nehmen.

Reisiger tritt immer schneller. Es ist eine Lust, Radfahrer zu sein. Natürlich, man ist Soldat, aber auf dem Rad legt man ja nicht die rechte Hand an die Kopfbedeckung, wenn ein Vorgesetzter kommt. Sondern man nimmt nur den Kopf etwas hoch und sieht ihn an, ganz Zivil.

Sieht ihn strahlend an und glücklich, zwar Soldat, jetzt aber Radfahrer in einer Stadt mit einer sauberen breiten Straße und zwischen richtigen lebendigen Zivilisten.

Diese Zivilisten sind, dagegen gibt es nichts zu reden, Heimat. Die alte Frau mit dem Kinderwagen, in dem Brennholz liegt, gibt es in der Heimat. Die beiden Kinder, die mit einem Kreisel spielen, gibt es in der Heimat. Die Dame dort drüben mit dem eleganten Kleid, gewiss, durchaus eine Dame, gibt es in der Heimat. Das junge Mädchen neben ihr ist sicher ihre Tochter. Sie lachen beide, wenn man nicht klingelt jetzt, fährt man sie sicher an.

In großem Bogen um die Hausecke: Hauptstraße von Lens. Da liegt die Kathedrale. Und rechts und links Zivil und Militär, lachend und schwatzend durcheinander. Und viele Schaufenster! Es gibt alles in ihnen. Es gibt Käse, es gibt dort drüben, Reisiger fährt langsam, geräucherten Schinken, in einer Pyramide aufgestapelt; hier auf der einen Seite ein Schild: Feldbuchhandlung, dort ein Café, dort ein Friseurladen, das goldene Schild »Coiffeur«, durch ein rotgemaltes Plakat »Rasieren und Haarschneiden« ergänzt.

Reisiger sieht nicht ein, warum er durch diese Herrlichkeiten fahren soll. Er steigt ab und schiebt sein Rad im Rinnstein. Er geht zwischen Zivil und Militär auf dem Trottoir.

Aha, das Kino. »Soldatenkino« mit großen Buchstaben quer über das Haus geschrieben, darunter herrliche Plakate, drei Lustspiele mit Mäxchen Lindner, Eintritt für Unteroffiziere und Feldwebel 30 Pfennig, für Mannschaften 15. Spielzeit von morgens um 11 bis abends um 9 Uhr.

Reisiger platzt vor Neid: an der Kasse ist Gedränge.

Weiter: Offizierskasino, Ortskommandantur, ein Dutzend militärische Büros, eine Eisenbahnverwaltung, eine Pionierparkverwaltung, eine Zechenverwaltung. Und nun, ein besonders großes Fenster: der Obstladen.

Reisiger stellt sein Rad an die Bordschwelle und tritt ein.

Die Verkäuferin spricht deutsch, das heißt, sie müht sich, und wo sie keine Vokabeln findet, ersetzt sie das Fehlen durch stürmische Bewegungen mit den Händen oder, wenn auch das nicht hilft, durch ein helles Lachen. Absolut Frieden. Ein reizendes Mädchen. Bei der sollte man nicht nur Pfirsiche kaufen, sondern auch von den Äpfeln ein Pfund mitnehmen und vielleicht hier von den blauen Weintrauben, ach und dahinten eine oder zwei Büchsen Ananas. Und, Herrgott, Wurst gibts auch und richtige Butter.

Reisiger hat Geld. Er überlegt einen Augenblick. Oh, das Kaufen dauert seine Zeit. Jeden einzelnen Apfel befassen und beriechen.

Und dann geht er mit lauten Schritten im Lokal auf und ab, die Hände in den Hosentaschen. »Ach Fräulein, nun packen Sie noch ein Stück Butter ein, oder sagen wir zwei, und dann vielleicht ein halbes Pfund Weintrauben oder sagen wir ein Pfund. Ja, und von den Ölsardinen selbstverständlich auch eine Büchse – so, das genügt mir – ja, und nun bezahlen, payer, s'il vous plaît.«

Gezahlt, unter süßem Lächeln des süßen Mädchens, die Pfirsiche für den Hauptmann, und das eigne. Schade, dass man hier weg muss. Bon jour, Mademoiselle. Er lacht und sie lacht.

Jetzt steigt er aufs Rad und tritt heftig los –

Wie er wieder um die Ecke biegen will, in die Straße, die zur Wohnung vom Hauptmann führt, kommen zwei Feldgendarmen. Einer winkt mit der Hand: absteigen. »Nicht so eilig, mein Junge, die Straße liegt unter Feuer.«

Es kracht, Reisiger sieht, dass da hinten Rauch aus einem Haus schlägt.

»Ist denn das öfter so? Ich habe überhaupt nichts gehört.«

Der eine Gendarm spuckt zur Seite: »Die haben jeden Tag ihren Koller. Dauert nie sehr lange, aber so zwanzig, dreißig Schuss pflastern sie meistens hin.«

Der andere Gendarm: »Uns kanns ja ziemlich schnuppe

sein. Sie schießen eigentlich grundsätzlich nur ihre eigenen Landsleute tot.«

Der erste Gendarm geht weiter: »Nicht beschwören, Kamrad, nicht beschwören. Mich soll es ja bloß mal wundern, wenn die erst einmal ein paar Dinger da auf die Hauptstraße setzen. Wir werden den Quatsch schon noch erleben – das sage ich.«

Reisiger sieht noch einige Male einen Schuss auf die Straße schlagen. Nach einer Viertelstunde ist Ruhe.

Er steigt wieder aufs Rad, fährt los.

Ein seltsamer Irrsinn, denkt er. Ein seltsamer Irrsinn. Auf der einen Straße haut die Artillerie in Menschen und Häuser – und auf der nächsten ist Leben und Trubel wie in friedlichsten Zeiten. Zwei Zonen, die fünf Minuten auseinander liegen, Tod und Leben. Und das eine weiß nichts vom andern, oder will nichts wissen. Wahnsinn, Herrgott, Wahnsinn dieser Krieg.

Eben fährt er an einem Haus vorbei, dessen Dach glüht. Darüber kocht schwarzer Qualm. Der Schuss hat gut gelegen, ist bis zum Keller durchgebrochen. Wer im Haus gesessen hat, wird Brei sein.

Aber Zivilisten gehen daran vorbei, sehen nicht hin.

Und da spielen wieder die beiden Kinder mit dem Kreisel.

Ein seltsamer, ein grauenhafter Wahnsinn.

Reisiger bringt Mosel die Pfirsiche, dann nimmt er das Gepäck, das er vorher abgelegt hatte, und geht in die Feuerstellung.

**Ödön von Horváth**

## FIUME, BELGRAD, BUDAPEST, PRESSBURG, WIEN, MÜNCHEN

Sie fragen mich nach meiner Heimat, ich antworte: ich wurde in Fiume geboren, bin in Belgrad, Budapest, Preßburg, Wien und München aufgewachsen und habe einen ungarischen Pass – aber: »Heimat«? Kenn ich nicht. Ich bin eine typisch alt-österreichisch-ungarische Mischung: magyarisch, kroatisch, deutsch, tschechisch – mein Name ist magyarisch, meine Muttersprache ist deutsch. Ich spreche weitaus am besten Deutsch, schreibe nunmehr nur Deutsch, gehöre also dem deutschen Kulturkreis an, dem deutschen Volke. Allerdings: der Begriff »Vaterland«, nationalistisch gefälscht, ist mir fremd. Mein Vaterland ist das Volk.

Also, wie gesagt: Ich habe keine Heimat und leide natürlich nicht darunter, sondern freue mich meiner Heimatlosigkeit, denn sie befreit mich von einer unnötigen Sentimentalität. Ich kenne aber freilich Landschaften, Städte und Zimmer, wo ich mich zuhause fühle, ich habe auch Kindheitserinnerungen und liebe sie, wie jeder andere. Die guten und die bösen. Ich sehe die Straßen und Plätze in den verschiedenen Städten, auf denen ich gespielt habe oder über die ich zur Schule ging, ich erkenne die Eisenbahn wieder, die Rodelhügel, die Wälder, die Kirchen, in denen man mich zwang, den heiligen Leib des Herrn zu empfangen – ich erinnere mich auch noch meiner ersten Liebe: das war während des Weltkrieges in einem stillen

Gässchen, da holte mich in Budapest eine Frau in ihre Vierzimmerwohnung, es dämmerte bereits, die Frau war keine Prostituierte, aber ihr Mann stand im Feld, ich glaube in Galizien, und sie wollte mal wieder geliebt werden.

Meine Generation, die in der großen Zeit die Stimme mutierte, kennt das alte Österreich-Ungarn nur vom Hörensagen, jene Vorkriegsdoppelmonarchie, mit ihren zweidutzend Nationen, mit borniertestem Lokalpatriotismus neben resignierter Selbstironie, mit ihrer uralten Kultur, ihren Analphabeten, ihrem absolutistischen Feudalismus, ihrer spießbürgerlichen Romantik, spanischen Etikette und gemütlichen Verkommenheit.

Meine Generation ist bekanntlich sehr misstrauisch und bildet sich ein, keine Illusionen zu haben. Auf alle Fälle hat sie bedeutend weniger als diejenige, die uns herrlichen Zeiten entgegengeführt hat. Wir sind in der glücklichen Lage, glauben zu dürfen, illusionslos leben zu können. Und das dürfte vielleicht unsere einzige Illusion sein.

Ich weine dem alten Österreich-Ungarn keine Träne nach. Was morsch ist, soll zusammenbrechen, und wäre ich morsch, würde ich selbst zusammenbrechen, und ich glaube, ich würde mir keine Träne nachweinen.

Manchmal ist es mir, als wäre alles aus meinem Gedächtnis ausradiert, was ich vor dem Kriege sah. Mein Leben beginnt mit der Kriegserklärung. Und es widerfuhr mir das große Glück erkennen zu dürfen, dass die Ausrottung der nationalistischen Verbrechen nur durch die völlige Umschichtung der Gesellschaft ermöglicht werden wird. Das ist mein Glaube. Lächeln Sie nicht! Dadurch, dass eine Erkenntnis oft als Schlagwort formuliert wird, verliert sie nichts von ihrer Wahrheit. Worauf es ankommt, ist die Bekämpfung des Nationalismus zum Besten der Menschheit. Ich glaube, es ist mir gelungen, durch meine »Bergbahn« den Beweis zu erbringen, dass auch ein nicht »Bodenständiger«, nicht »Völkischer«, eine heimatlose Rassenmischung, etwas »Bodenständig-Völkisches« schaffen kann – denn das Herz der Völker schlägt im gleichen Takt, es gibt ja nur Dialekte als Grenzen.

**Kurt Tucholsky**

## Koffer auspacken

In der Fremde den Koffer auspacken, der etwas später gekommen ist, weil er sich unterwegs mit andern Koffern noch unterhalten musste: das ist recht eigentümlich.

Du hast dich schon ein bisschen eingelebt, der Türgriff wird leise Freund in deiner Hand, unten das Café fängt schon an, dein Café zu sein, schon sind kleine Gewohnheiten entstanden ... da kommt der Koffer. Du schließt auf –

Eine Woge von Heimat fährt dir entgegen.

Zeitungspapier raschelt, und auf einmal ist alles wieder da, dem du entrinnen wolltest. Man kann nicht entrinnen. Ein Stiefel guckt hervor, Taschentücher, sie bringen alles mit, fast peinlich vertraut sind sie dir, schämst du dich ihrer? Wie zu nahe Verwandte, denen du in einer fremden Gesellschaft begegnest; alle siezen dich, sie aber sagen dir: Du –! und drohen am Ende noch, sprichst du mit einer Frau, schelmisch mit dem Finger. Das mag man nicht.

Wer hat den Koffer gepackt? Sie? Eine warme Welle steigt dir zum Herzen empor. So viel Liebe, so viel Sorge, so viel Mühe und Arbeit! Hast du ihr das gedankt? Wenn sie jetzt da wäre ... Sie ist aber nicht da. Und wenn sie da sein wird, wirst du es ihr nicht danken.

Die Sachen im Koffer sprechen nicht die Sprache des Landes, nicht die Sprache der Stadt, in der du dich befindest. Ihre stumme Ordnung, ihre sachliche Sauberkeit im engen Raum sind noch von da drüben. Da liegen sie und sprechen schweigend. Mit etwas abwesenden Augen stehst du im Hotelzimmer und erinnerst dich nicht … nein, du bist gar nicht da – du bist da, wo sie herkommen, atmest die alte Luft und hörst die alten, vertrauten Geräusche … Zwei Leben lebst du in diesem Augenblick: eines körperlich, hier, das ist unwahrhaftig; ein andres seelisch, das ist ganz wahr.

Ein Mann, der sich lyrisch Hosen in den Schrank hängt! Schämen solltest du dich was! Tut's ein Junggeselle, dann geht es noch an; mit sachlich geübten Händen baut er auf und packt fort, glättet hier und bürstet da … Ein Verheirateter, das ist immer ein bisschen lächerlich; wie ein plötzlich selbständiges Wickelkind ist er, ohne Muttern, etwas allein gelassen in der weiten Welt.

Der Bademantel erinnert nicht nur; in seinen Falten liegen Stücke jener andern Welt, aus der du kamst. Das ist schon so. Aber faltest du ihn auseinander, dann fallen die Stücke heraus, verflüchtigen sich, auf einmal hängt er vertraut und doch fremd da, ein gleichgültiger Bademantel, den das Ganze nicht so sehr viel angeht … Und da ist etwas praktisch zusammengerollt, hier ist ein besonderer Trick des Packens zu sehn, hast du die Krawatten gestreichelt, alter Junge? Als ob du noch nie gereist wärst!

Leicht irr stehst du im Zimmer, in der einen Hand einen Leisten, in der andern zwei Paar Socken, und stierst vor dich hin. Gut, dass dich keiner sieht. Um dich ist Bäumerauschen, ein Klang, Schmettern dreier Kanarienvögel und eine Intensität des fremden Lebens, die du dort niemals gefühlt hast. Tropfen quillen aus einem Schwamm, den du nie, nie richtig ausgepresst hast. So saftig war er? Hast du das nicht gewusst? Zu selbstverständlich war es, du warst undankbar – das weißt du jetzt, wo es zu spät ist.

Eine Parfümflasche ist zerbrochen, das gute Laken hat einen grünlichen Fleck, ein Geruch steigt auf, und jetzt erinnert sich die Nase. Die hat das beste Gedächtnis von allen! Sie bewahrt Tage auf und ganze Lebenszeiten; Personen, Strandbilder, Lieder, Verse, an die du nie mehr gedacht hast, sind auf einmal da, sind ganz lebendig, guten Tag! Guten Tag, sagst du überrascht, ziehst den alten Geruch noch einmal ein, aber nach dem ersten Aufblitzen der Erinnerung kommt dann nicht mehr viel, denn was nicht gleich wieder da ist, kommt nie mehr. Schade um das Parfüm, übrigens. Die Flasche hat unten ein hässlich gezacktes Loch, es sieht fast so aus wie etwas, daraus das Leben entwichen ist … Also das ist dummer Aberglaube, es ist ganz einfach eine zerbrochene Flasche.

Unten, auf dem Boden des Koffers, liegen noch ein paar Krümel, Reisekrümel, Meteorstaub fremder Länder. Jetzt ist der Koffer leer.

Und da liegen deine Siebensachen auf den Stühlen und auf dem Bett, und nun räumst du sie endgültig ein. Jetzt ist das Zimmer satt und voll, fast schon ein kleines Zuhause, und alle Erinnerungen sind zerweht, verteilt und dahin. Noch ein kleines – und du wirst dich auf deiner nächsten Station zurücksehnen: nach diesem Zimmer, nach diesem dummen Hotelzimmer.

**Stefan Zweig**

## Die Welt von Gestern

Der Fall Österreichs brachte in meiner privaten Existenz eine Veränderung mit sich, die ich zuerst als eine gänzlich belanglose und bloß formelle ansah; ich verlor damit meinen österreichischen Pass und musste von den englischen Behörden ein weißes Ersatzpapier, einen Staatenlosenpass erbitten. Oft hatte ich in meinen kosmopolitischen Träumereien mir heimlich ausgemalt, wie herrlich es sein müsse, wie eigentlich gemäß meinem inneren Empfinden, staatenlos zu sein, keinem Lande verpflichtet und darum allen unterschiedslos zugehörig. Aber wieder einmal musste ich erkennen, wie unzulänglich unsere irdische Phantasie ist, und dass man gerade die wichtigsten Empfindungen erst versteht, sobald man sie selbst durchlitten hat. Zehn Jahre früher, als ich Dimitri Mereschkowskij einmal in Paris begegnete und er mir klagte, dass seine Bücher in Russland verboten seien, hatte ich Unerfahrener noch ziemlich gedankenlos ihn zu trösten versucht, das besage doch nicht viel gegenüber internationaler Weltverbreitung. Aber wie deutlich begriff ich, als dann meine eigenen Bücher aus der deutschen Sprache verschwanden, seine Klage, nur in Übertragungen, in verdünntem, verändertem Medium das geschaffene Wort zur Erscheinung bringen zu können! Ebenso verstand ich erst in der Minute, da ich nach längerem Warten auf der Bittstellerbank des Vorraums in die englische Amtsstube eingelassen wurde, was dieser Umtausch meines Passes gegen ein Fremdenpapier bedeutete. Denn auf meinen österreichischen Pass hatte ich ein Anrecht gehabt. Jeder österreichische Konsulatsbeamte oder Polizeioffizier war verpflichtet gewesen, ihn mir als vollberechtigtem Bürger auszustellen. Das englische Fremdenpapier dagegen, das ich erhielt, musste ich erbitten. Es war eine erbetene Gefälligkeit und eine Gefälligkeit überdies, die mir jeden Augenblick entzogen werden konnte. Über Nacht war ich abermals eine Stufe hinuntergeglitten. Gestern noch ausländischer Gast und gewissermaßen Gentleman, der hier sein internationales Einkommen verausgabte und seine Steuern bezahlte, war ich Emigrant geworden, ein ›Refugee‹. Ich war in eine mindere, wenn auch nicht unehrenhafte Kategorie hinabgedrückt. Außerdem musste jedes ausländische Visum auf diesem weißen Blatt Papier von nun an besonders erbeten werden, denn man war misstrauisch in allen Ländern gegen die ›Sorte‹ Mensch, zu der ich plötzlich gehörte, gegen den Rechtlosen, den Vaterlandslosen, den man nicht notfalls abschieben und zurückspedieren konnte in seine Heimat wie die andern, wenn er lästig wurde und zu lange blieb. Und ich musste immer an das Wort denken, das mir vor Jahren ein exilierter Russe gesagt: »Früher hatte der Mensch nur einen Körper und eine Seele. Heute braucht er noch einen Pass dazu, sonst wird er nicht wie ein Mensch behandelt.«

In der Tat: nichts vielleicht macht den ungeheuren Rückfall sinnlicher, in den die Welt seit dem ersten Weltkrieg geraten ist, als die Einschränkung der persönlichen Bewegungsfreiheit des Menschen und die Verminderung seiner Freiheitsrechte. Vor 1914 hatte die Erde allen Menschen gehört. Jeder ging, wohin er wollte und blieb, solange er wollte. Es gab keine Erlaubnisse, keine Verstattungen, und ich ergötze mich immer wieder neu an dem Staunen junger Menschen, sobald ich ihnen erzähle, dass ich vor 1914 nach Indien und Amerika reiste, ohne einen Pass zu besitzen oder überhaupt je gesehen zu haben. Man stieg ein und stieg aus, ohne zu fragen und gefragt zu werden, man hatte nicht ein einziges von den hundert Papieren auszufüllen, die heute abgefordert werden. Es gab keine Permits, keine Visen, keine Belästigungen; dieselben Grenzen, die heute von Zollbeamten, Polizei, Gendarmerieposten dank des pathologischen Misstrauens aller gegen alle in einen Drahtverhau verwandelt sind, bedeuteten nichts als symbolische Linien, die man ebenso sorglos überschritt wie den Meridian in Greenwich. Erst nach dem Kriege begann die Weltverstörung durch den Nationalsozialismus, und als erstes sichtbares Phänomen zeitigte diese geistige Epidemie unseres Jahrhunderts die Xenophobie: den Fremdenhass oder zumindest die Fremdenangst. Überall verteidigte man sich gegen den Ausländer, überall schaltete man ihn aus. All die Erniedrigungen, die man früher ausschließlich für Verbrecher erfunden hatte, wurden jetzt vor und während einer Reise jedem Reisenden auferlegt. Man musste sich photographieren lassen von rechts und links, im Profil und en face, das Haar so kurz geschnitten, dass man das Ohr sehen konnte, man musste Fingerabdrücke geben, erst nur den Daumen, dann alle zehn Finger, musste überdies Zeugnisse, Gesundheitszeugnisse, Impfzeugnisse, polizeiliche Führungszeugnisse, Empfehlungen vorweisen, musste Einladungen präsentieren können und Adressen von Verwandten, musste moralische und finanzielle Garantien beibringen, Formulare ausfüllen und unterschreiben in dreifacher, vierfacher Ausfertigung, und wenn nur eines aus diesem Schock Blätter fehlte, war man verloren.

Das scheinen Kleinigkeiten. Und auf den ersten Blick mag es meinerseits kleinlich erscheinen, sie überhaupt zu erwähnen. Aber mit diesen sinnlosen ›Kleinigkeiten‹ hat unsere Generation unwiederbringlich kostbare Zeit sinnlos vertan. Wenn ich zusammenrechne, wie viele Formulare ich ausgefüllt habe in diesen Jahren, Erklärungen bei jeder Reise, Steuererklärungen, Devisenbescheinigungen, Grenzüberschreitungen, Aufenthaltsbewilligungen, Ausreisebewilligungen, Anmeldungen und Abmeldungen, wie viele Stunden ich gestanden in Vorzimmern von Konsulaten und Behörden, vor wie vielen Beamten ich gesessen habe, freundlichen und unfreundlichen, gelangweilten und überhetzten, wie viele Durchsuchungen an Grenzen und Befragungen ich mitgemacht, dann empfinde ich erst, wie viel von der Menschenwürde verlorengegangen ist in diesem Jahrhundert, das wir als junge Menschen gläubig geträumt als eines der Freiheit, als die kommende Ära des Weltbürgertums. Wie viel ist unserer Produktion, unserem Schaffen, unserem Denken durch diese unproduktive und gleichzeitig die Seele erniedrigende Quengelei genommen worden! Denn jeder von uns hat in diesen Jahren mehr amtliche Verordnungen studiert als geistige Bücher, der erste Weg in einer fremden Stadt, in einem fremden Land ging nicht mehr wie einstens zu den Museen, zu den Landschaften, sondern auf ein Konsulat, eine Polizeistube, sich eine ›Erlaubnis‹ zu holen. Wenn wir beisammensaßen, dieselben, die früher Gedichte Baudelaires gesprochen und mit geistiger Leidenschaft Probleme erörtert, ertappten wir uns, dass wir über Affidavits und Permits redeten, und ob man ein Dauervisum beantragen solle oder ein Touristenvisum; eine kleine Beamtin bei einem Konsulat zu kennen, die einem das Warten abkürzte, war im letzten Jahrzehnt lebenswichtiger als die Freundschaft eines Toscanini oder eines Rolland. Ständig sollte man fühlen, mit freigeborener Seele, dass man Objekt und nicht Subjekt, nichts unser Recht und alles nur behördliche Gnade war. Ständig wurde man vernommen, registriert, nummeriert, perlustriert, gestempelt, und noch heute empfinde ich als unbelehrbarer Mensch einer freieren Zeit und Bürger einer geträumten Weltrepublik jeden dieser Stempel in meinem Pass wie eine Brandmarkung, jede dieser Fragen und Durchsuchungen wie eine Erniedrigung. Es sind Kleinigkeiten, immer nur Kleinigkeiten, ich weiß es, Kleinigkeiten in einer Zeit, wo der Wert des Menschenlebens noch rapider gestürzt ist als jener der Währungen. Aber nur, wenn man diese kleinen Symptome festhält, wird eine spätere Zeit den richtigen klinischen Befund der geistigen Verhältnisse und der geistigen Verstörung aufzeichnen können, die unsere Welt zwischen den beiden Weltkriegen ergriffen hat.

Vielleicht war ich von vordem zu sehr verwöhnt gewesen. Vielleicht wurde auch meine Empfindlichkeit durch die schroffen Umschaltungen der letzten Jahre allmählich überreizt. Jede Form von Emigration verursacht an sich schon unvermeidlicherweise eine Art von Gleichgewichtsstörung. Man verliert – auch dies muss erlebt sein, um verstanden zu werden – von seiner geraden Haltung, wenn man nicht die eigene Erde unter sich hat, man wird unsicherer, gegen sich selbst misstrauischer. Und ich zögere nicht zu bekennen, dass seit dem Tage, da ich mit eigentlich fremden Papieren oder Pässen leben musste, ich mich nie mehr ganz als mit mir zusammengehörig empfand. Etwas von der natürlichen Identität mit meinem ursprünglichen und eigentlichen Ich blieb für immer zerstört. Ich bin zurückhaltender geworden, als meiner Natur eigentlich gemäß wäre und habe – ich, der einstige Kosmopolit – heute unablässig das Gefühl, als müsste ich jetzt für jeden Atemzug Luft besonders danken, den ich einem fremden Volke wegtrinke. Mit klarem Denken weiß ich natürlich um die Absurdität dieser Schrullen, aber wann vermag Vernunft etwas wider das eigene Gefühl! Es hat mir nicht geholfen, dass ich fast durch ein halbes Jahrhundert mein Herz erzogen, weltbürgerlich als das eines ›citoyen du monde‹ zu schlagen. Nein, am Tage, da ich meinen Pass verlor, entdeckte ich mit achtundfünfzig Jahren, dass man mit seiner Heimat mehr verliert als einen Fleck umgrenzter Erde.

**Alfred Polgar**

## Heimat

Daheim! Anderswo sind Straßen, Mauern, Luft nur Auffänger von Geräuschen, selbst aber stumm. In der Heimat reden sie ihr Eigenes. Und wenn du auch nicht hörst, was, du fühlst doch, dass du die Sprache genau kennst, die sie sprechen, es müsste nur stiller sein ringsum und deine Aufmerksamkeit schärfer, dann würdest du auch verstehen, was sie sagen.

In der Fremde sind die Dinge wie vom Himmel gefallen. In der Heimat: wie aus der Erde heraufgewachsen. Es scheint dir, als hättest du alles, auch was du nie zuvor gesehen hast, schon gekannt, wie es noch klein war. Hier bist du mit den hochmütigsten Gegenden auf du und du, würdest sie ohne Weiteres mit dem bloßen Vornamen ansprechen, wenn sie einen hätten. Anderswo findest du dich auch zurecht im Durcheinander der Straßen, aber in der Heimat siehst du die Wege, auch die vorher niemals von dir begangenen, ohne hinzuschauen. Ganz winzige Besonderheiten, die kein Fremder merken würde, reichen aus zur Orientierung, und wo sie fehlen, macht eine Art geheimnisvoller Witterung den Führer. Du brauchst deinen Beinen nichts zu sagen, sie laufen von selber dorthin, wohin sie dich bringen sollen.

Anderswo gibt es für dich nur Gegenwart, in der Heimat ist in das Heute so viel Gestern eingeschmolzen, so viel Gewesenes geistert um das Jetzige, so viel Altes blickt durch das Neue, dass hier die Zeit Ausdehnungen zu haben scheint wie der Raum, und also das Gefühl der Verlorenheit in ihr um ein zauberisches Etwas weniger stark ist. (Vielleicht steckt da eine Wurzel der Heimat-Liebe.) So vertraut ist hier alles ... und so gespenstisch! Das kommt daher, weil in der Heimat auch deine Toten sich ins Leben mischen, weil du ihnen begegnest, wo du ihnen, als sie da waren, so oft begegnet bist, weil an so vielem ein Widerschein noch haftet von ihren Gesichtern, und ein Echo ihrer Stimme in der Luft hängt, in der sie geatmet haben.

In das Straßennetz eingezeichnet – unsichtbar für andere – ist ein Netz von Spuren und Furchen: die hast du selber gezogen. Und du bringst sie nicht mehr fort aus deinem Bild der Stadt, auch wenn du mit noch so scharfen Wässern dir die Augen wäschst. Wo dein Schmerz und deine Wut geweint haben, da blieb ein Fleck, wo du die sogenannten Freudentränen vergossen hast, auch. Und das Komische ist, dass mit der Zeit die Flecke, die bitteren wie die süßen, ganz das gleiche Aussehen bekamen! Du kannst sie gar nicht mehr voneinander unterscheiden.

»In der Heimat, in der Heimat, da gibt's ein Wiedersehn«, sangen die Soldaten. In der Heimat gibt es überhaupt nichts als nur lauter Wiedersehen. Auch was verschwand, kommt, wie Schrift mit sympathetischer Tinte aus dem Papier, sogleich wieder hervor, wenn dein Atem es ein wenig nur erwärmt.

In der Heimat sind Fenster und Menschen durchsichtiger als anderswo. In der Heimat hat die Luft einen Geschmack, wie sie ihn sonst nirgends hat – dass sie überhaupt nach etwas schmeckt, ist schon ein merkwürdiges Heimatsphänomen –, hat das Geräusch des Lebens einen ihm nur hier eigentümlichen Tonfall, redet die Stille ein besonderes Idiom, wie sie sonst an keinem Punkt der Welt es redet. Und auf kein Stück Erde schaut der Himmel, wenn er schaut, mit so charakteristischem Ausdruck herunter wie auf jenes, das du Heimat nennst. Wenn du nichts sähest als ihn, du wüsstest doch gleich, dass du hier zu Hause bist.

Dies alles mitsammen und noch tausenderlei Unwägbares, Ungreifbares dazu macht den sogenannten Zauber der Heimat aus. Er fasst dich an, sowie du ihren Boden berührst, er ist stärker als du, äthergleich durchdringt er Gemüt und Gebein, du kannst nichts andres tun, als dich ihm widerstandslos hingeben. Besonders, wenn deine Heimat zufällig Wien sein sollte. Dort ist der Eingeborene, auch wenn er Jahrzehnte lang weg war, kaum dass er aus dem Bahnhof tritt, sogleich ganz in der Stimmung der Stadt, ist die Stimmung der Stadt sogleich wieder in ihm. Gerührt hebt er die Arme hoch, oder eigentlich: lässt er die Arme sinken, in den Schoß, und seine Seele spricht: Hier bin ich Wiener, hier darf ich's sein! Anderswo, in der Fremde, darf er das nämlich nicht. Es wäre zu riskant. Es wäre so, als wenn er, ein Stündchen zu ruhen, sich auf ein vielbefahrenes Bahngeleise legen wollte.

In der Heimat wandelt sich vieles, sie selbst, das ist auch eines ihrer Wunder, wandelt sich nicht. Unverändert wie ihr geografisch bestimmtes bleibt ihr seelisches Klima, bleibt die Spezies Mensch, die in ihm gedeiht, bleibt die Spirale, in der dort das Leben läuft – vielleicht mit der Zeit um eine Schraubenwindung höher oder tiefer –, bleibt die geistige Ausdünstung der Eingeborenen, bleiben die Regeln, nach denen sie irregulär sind, bleibt der Kanon für Bosheit und Tiefsinn, die sie, gereizt, von sich geben. Da kannst du das Überraschende mit Sicherheit erraten und dir von hundert Fragen hundert schenken, weil du die Antwort im Voraus weißt.

Deshalb, wenn deine Seele spricht: Heimat!, fühlt sie allsogleich (indem sie so spricht): du bist die Ruh!

Und darum ist es auch ein solches Vergnügen, in der Heimat begraben zu sein.

**Ricarda Huch**

## Heimweh

Dass ich einmal doch zu Haus
Läg' im Grase wieder!
Bienenschwarm beim Honigschmaus
Summt' am blauen Flieder,
Zwitscherton vorüber mir
Aus der Amsel Kehle,
Leichte Wölkchen über mir.
Hoffnung in der Seele!

## Gertrud Kolmar

### Die Fremde

Die Stadt ist mir ein bunter Wein
Im Becher von geschliffnem Stein;
Er steht und glitzert mir zum Mund
Und malt mich ab in seinem Rund.

Es spiegelt sein vertiefter Kreis,
Was jeder kennt, doch keiner weiß;
Denn alle Dinge schlagen blind,
Die uns gemein und täglich sind.

Mir weisen Häuser schroffe Wand
Mit selbstgerechtem: »Hierzuland …«,
Des kleinen Ladens Glasgesicht
Verschließt sich scheu: »Ich rief dich nicht.«

Mein Pflaster horcht und tappt den Schritt
Voll Argwohn und aus Neugier mit,
Und wo es anrührt Holz und Leim,
Da spricht es anders als daheim.

Der Mond zuckt rötlich wie ein Mord
Ob fernem Leibe, irrem Wort,
Wenn nachts an meiner Brust zerschellt
Der Atem einer fremden Welt.

**Arthur Schnitzler**

## Spaziergang

Junisonne, die langsam verglomm. Es war draußen, weit vor der Linie, und in langer Reihe dehnten sich hohe einförmige Häuser, in hässlicher, weiß-gelber Farbe schimmernd. Viele Fenster waren offen, Männer in Hemdärmeln schauten heraus und verfolgten die klingelnde Tramway mit gedankenlosen Augen; Frauen in nachlässigen, schlotternden Blusen blickten ins Blaue. Kinder spielten auf den Straßen, schmutzig und lärmend; und auf den matt grünenden Wiesen, die hier begannen, um sich weiter hinaus in schüchternes Hügelland zu verlieren, waren ärmliche Menschen, die sich nach freier Luft sehnten, ohne es zu wissen; Buben und Mädel, die auf der Erde kugelten oder hin und her liefen; Soldaten mit blöden, fröhlichen Feierabendgesichtern, schlechte Zigarren rauchend; Dirnen, die, meist zu zweien oder dreien, laut lachend über's Feld schritten; zuweilen einsame Spaziergänger, die da heraus gewandert kamen, um von der Stimmung dieses seltsamen Grenzgebietes zu kosten, wo die Stadt allmählich aufhört und ihr dumpfes, langes, angstvolles Atmen in einem müden, tröstlichen Seufzen aushaucht.

So waren auch die vier Freunde heute da heraus gelangt. Die Sonne verglomm, kühle Schatten schlichen an den Mauern hinauf, langsam, bis sie sich auf den Dächern verloren. Nur weit draußen noch auf den letzten Häusern lag ein rötlicher, schmerzlicher Schimmer. Und sie spazierten weiter bis zu den allerletzten Häusern. Die Straße war jäh abgeschnitten, hier endete die Stadt. Sie wandten sich um und schauten in den Dunstkreis zurück, aus dem die Straßen mühselig heranzuschleichen schienen. Sie blieben stehen.

»Merkwürdig!«, sagte Hans. »Als ich vor zwei oder drei Jahren ein paar Monate im Auslande verbrachte, habe ich mich wohl nach der Ringstraße, nach unseren Theatern, nach dem Rathause, nach einigen schönen Wiener Mädeln und ein bisschen nach euch gesehnt, aber das wahre Heimweh, das, bei dem einem die Tränen kommen, das habe ich doch eigentlich nur empfunden, wenn mir die Erinnerung an Orte kam – wie der da einer ist. Hier ist für mich die Seele Wiens. Hier, wo es anfängt, so still ... so einsam zu werden ...«

»Aber entschuldige«, sagte Max, »gerade hier hört ja das Charakteristische auf. Das ist vielleicht eine halb unbewusste Erinnerung, welche sich für dich mit dieser Stelle verknüpft und gerade hier dieses Gefühl der Heimat so stark werden lässt. Möglicherweise liegt es auch daran, dass hier die Stadt als ein Ganzes vor dir liegt, und dass du sie geordneter siehst, als wenn du durch ihre Straßen wandelst. Oder auch die Eindrücke, die du aus der Stadt mitbringst, fangen erst hier, wenn es einsam und stille um dich wird, zu wirken an.«

»Aber es braucht durchaus nicht so zu sein«, warf Stefan ein, »denn man braucht ja nicht gerade das Charakteristische seiner Heimat zu lieben. Ja, nicht einmal irgendetwas, was tatsächlich vorhanden ist. Was mich anlangt, so bin ich darauf gekommen, dass das, was ich an Wien so lieb habe, längst nicht mehr da ist. Ich habe die Häuser von 1760 gern, die längst niedergerissen sind, und die Wiener Damen von 1820, die längst gestorben sind, und die Wiener Walzer, die traurigen, vom alten Strauß, die man nimmer spielt. Und wenn ich einmal über den Ring bummle, im Frühjahre, und ich fühle mich behaglich, so merke ich gleich, dass ich eigentlich ein Herr von 1970 bin, und ich sehe alle Leute, wie ich sie auf Bildern nach vielen Jahren sehen würde.«

»Das glaubst du nur!«, rief Fritz. »Es ist nur ein Raffinement mehr, um sich am Lebendigen zu freuen. Gelegentlich überzeugt man sich aber auf die angenehmste Weise, dass man doch nicht mit Schatten oder Bildern zu tun hat; nicht wahr? Und ich lasse mir von dir, Hans, mein lustiges Wien nicht traurig, und von dir, mein lieber Stefan, mein lebendiges Wien nicht historisch machen. Ja, verachtet mich nur. Ich bin ja auch wirklich von euch beiden schon in meinen heiligsten Wiener Empfindungen verdorben worden. Es ist mir geschehen, dass ich beim Guschelbauer saß und sich bei dem köstlichen Lied vom ›Alten Drahrer‹ nichts in mir regte. Ich habe das Herz von einem ›echten Weana‹ preisen gehört und beinahe vergessen, dass ich selbst eins habe! Der Reim von die ›Tanz‹ und ›Gstanz‹ hat mich ungerührt gelassen – und ich war nahe daran, darüber zu höhnen, dass der alte Steffel oder gar der Vater Radetzky mit Interesse auf uns niederschaut. Das soll wieder anders werden. Ich muss meine Naivität wieder bekommen. Mein heiteres Wien will ich mir wieder entdecken, das, wofür ihr alle nicht die richtigen Augen habt. Wo du hinschaust, Hans, da siehst du nur die stumme Wehmut der Dinge und die unbesorgte Beschränktheit der Menschen. – Für dich, Max, ist überall die Dürre des Gesetzmäßigen und Notwendigen. – Und gar du, Stefan! – Für dich sind überall Komödianten, die dir ahnungslos was vorspielen müssen. Manchmal hast du die Güte, zu applaudieren, öfters aber bist du zerstreut oder nicht in der Laune, hinzuhorchen. – Ich will anders sein, wie ihr alle! Ich will, was ihr eigentlich alle nicht könnt, mit ihnen, unter ihnen leben.«

»Mit einem Worte, du willst dich unterhalten«, sagte Hans etwas verächtlich.

»Nein, unter ihnen, als einer von ihnen will ich leben. Ich will, wie die Jugend, der Zufall und die Abenteuer mich führen, durch das ganze Leben Wiens schlendern.«

»Wenn dir nicht die Naivität dazu fehlen möchte«, warf Max ein.

»Mir?«

»Gerade dir! Denn du bist ja doch nur ein verschämter Lokalpatriot. Du hast das kindische Bedürfnis der Zärtlichkeit für deine Nebenmenschen, und da du nicht groß genug bist, um die ganze Welt zu lieben, so begnügt sich dein bequemes Herz mit dem kleinen Fleck Erde, den du kennst.«

»Dass ich es liebe, gebe ich zu, dass ich es kenne, nicht. Und ich möchte es kennen! Was weiß ich denn eigentlich davon? Ich kenne die Straßen, die Gebäude, ich kenne die Mundart, die der Wiener spricht, ich kenne Typen, Gesellschaftskreise, ich kenne den Korso auf dem Ring, das Treiben im Prater, die Burgmusik – aber was den Duft dieser Dinge macht, und wieso es eigentlich kommt, dass uns oft in einem stillen Praterspaziergange, oder auf dem alten Platz vor der Minoritenkirche, oder aus einem Worte eines süßen Wiener Mädels die ganze rührende und reiche Seele der Stadt entgegenflutet, das, das möcht' ich wissen!«

»Nun ja«, sagte Hans, »das Geheimnis der Stimmung!«

»Darüber«, meinte Stefan, »habe ich erst neulich einmal nachgedacht. Nicht wahr, die Tugenden und die Laster, die Talente und die Vorurteile unserer Ahnen gehen nicht verloren. Die erben sich fort. Warum denn nicht auch die Stimmungen? Und in manchen Stunden, deren Lust oder Weh im Dämmern des Unbegreiflichen verschwimmt, sind es vielleicht Stimmungen vergangener Jahrhunderte, die durch unsere Seele gehen; und wir erkennen die Träume nicht als die unserer Ahnen. Denn ihre Tugenden und Laster hat man aufgezeichnet – nur selten ihre Träume.«

»Mystiker«, sagte Max, »das verwirrt nur. Unsere Augen müssen wir schärfen, um endlich die Fäden zu sehen, welche zwischen den Einzelheiten laufen. Zum Entstehen von Stimmungen ist eine gewisse Müdigkeit der Sinne und der Gedanken notwendig. Wenn wir stets völlig wach wären, oder wenn wir uns gar zu jener idealen Wachheit emporringen könnten, in welcher alle Sinne vollkommen aufnahmsfähig wären, so gäbe es jene wallenden Schleier nicht, welche sich vor die Deutlichkeit der Dinge legen und uns die Töne unserer Stimmungen bringen.«

Es war dunkel geworden. Die Laternen in den Straßen waren angezündet. Die Freunde schlugen den Rückweg in die Stadt ein.

»Nein, nein«, sagte Hans, »ich habe keine Sehnsucht nach Deutlichkeit! In welch einförmiger, unausstehlicher Beleuchtung stände alles da! Verdrossen wie an einem Wintertage würden wir durch dieses frostige Dasein eilen.«

»Und wer von uns«, sagte Max, »glaubt ihr wohl, hat am meisten Anwartschaft darauf, dieses Rätsel zu lösen, in das wir eben jetzt wieder hineinspazieren, und das uns mit seinen tausend Laternen und mit den beleuchteten Fenstern höhnisch entgegenglänzt? – Du, Hans, für den die Lösung des Rätsels aus unbewussten Schmerzen – oder du, Stefan, für den es aus dem Hauch ferner Zeiten zu kommen scheint – oder du, Fritz, der du dich vom gedankenlosen Strome mittreiben lassen willst –?«

»Wir alle eher, als du«, sagte Stefan, »wenn du wirklich ein so Wacher wärst, als du uns glauben machen willst. Aber auch zwischen dir und der Stadt bestehen Beziehungen. Und zwar andere als die zwischen dem Schauenden und dem Geschauten. Du bist ganz einfach ein Betrogener Wiens und wie es nun schon einmal Betrogene tun, spielst du den Kalten und höhnst. Dich hat Wien getäuscht, weil du es einmal zu sehr geliebt hast. Du warst berauscht davon. Es hat dir so viel gegeben; bedenke doch; – fast den ganzen Inhalt deines Lebens verdankst du ihm; alles, was du schufst, war von Wiener Luft durchtränkt, und alles, was du lebtest, hatte die Süßigkeit seiner Atmosphäre. Ist's nicht so?«

»Ja. Aber das ist lang vorbei. Wien! – Plötzlich hatte es sich von mir abgewandt. Alles missglückte mir, was ich in Kunst und Leben unternahm. Ich nannte es ein Missglücken, während doch eigentlich nichts anderes geschah, als dass sich meine Art zu schauen änderte. Ich klage nicht darüber, denn es musste offenbar so kommen, und nirgends in der Welt wäre es mir anders ergangen. Es gibt Leute, die ihre Jugend nie loswerden – wie ihr zum Beispiel! Ich aber gehöre zu denen, welche eines Morgens aufwachen und keine Freude am Spiel mehr finden. Da kommt wohl auch eine Zeit der Bitterkeit, in der man die anderen beneidet, die weiterspielen. Zuerst ist nur das schale Gefühl da, dass man etwas verloren hat. Ja, man hat die Kinderfreude verloren, an alles so nahe heranzutreten, dass man es berühren kann. Die Verwandtschaft ist einem abhandengekommen, man gehört nicht mehr dazu. Und da ist man eine Zeitlang einsam und arm, denn die Einsamkeit findet uns nicht reif, sie macht uns erst dazu. Dann aber kommt die große Klarheit. Man lässt einfach seine Sinne die Welt einsaugen. Man verzichtet darauf, die hundert Spiele mit der Welt zu spielen, denen ihr die schönen Namen gebt. Ich bin ja noch nicht so weit, dass ich gerne darauf verzichte, aber wartet nur, bis meine Sinne sich zur ›großen Wachheit‹ werden durchgerungen haben. Vielleicht kann ich euch dann Dinge erzählen, die euch staunen machen werden. Ihr wisst ja doch im Grunde nur, was ihr zum Leben sagt. Ihr bekommt Antworten aus der Tiefe eurer Seele und ihr meint, die Welt hat gesprochen.«

Die Freunde gingen weiter; der Stadt zu. Sie sprachen eine Weile nichts. Wie sie aber schon dem großen Gewühle nahe waren, in dem alle Worte sich verlieren mussten, da sagte Hans:

»Es ist doch schön, dass wir alle nie die Wachheit haben werden, die du, Max, ersehnst.«

»Sucht ihr sie denn nicht?«, rief Max aus. »Ihr seid ja doch alle nicht imstande, gemächlich eure Freude und eure Schmerzen zu genießen. Seid ihr denn zufrieden, einfach etwas zu lieben oder etwas zu hassen? Ihr sucht nach den letzten geheimsten Gründen, sucht nach der Seele der Dinge.«

»Mag sein«, sagte Stefan. »Und daher kommt es vielleicht, dass wir Sehnsucht haben nach dem, was wir besitzen – und Heimweh, während wir doch zu Hause sind!«

**Klaus Mann**

## Der Vulkan

*Ein junger Mann, Brasilianer, genannt Kikjou, lebt als »Wahl-Emigrant« inmitten echter Emigranten in Paris, als seine Familie ihn nach Rio de Janeiro zurückruft. In der Fremde ist ihm vieles zur Heimat geworden, nur an den Ort seiner Herkunft zieht ihn nichts.*

Die Zimmer, in denen die Armen wohnen, sind sich ähnlich, überall auf der Welt. Wo befindet sich dieses? Am Rande irgendeiner großen Stadt – lässt sich vermuten. Genaueres ist kaum festzustellen. Die Landschaft, auf die das Fenster den Blick gewährt, ist kahl und fast völlig trostlos. Auf den öden Feldern liegt Nebel. Im grauen Dunst stehen ein paar frierende Bäume neben Telegraphenstangen. Im Zimmer drinnen sieht es nicht heiterer aus.

Ist sie uns nicht vertraut, diese mönchische Zelle? Das Kruzifix an der grauen Wand; das schmale Bett, und auf dem Tisch die unberührten Speisen –: zu solcher Kargheit zwingt sich Kikjou, den wir einstmals als den kleinen Abenteurer kannten, als den sündhaft Reizbegnadeten, den von Lastern und Visionen Verzückten, das suspekte Lieblingskind Gottes. Noch einmal begegnen wir ihm – hat er sich sehr verändert? Das perlmutterfarbene Affengesichtchen mit den vielfarbigen Augen ist ein wenig gealtert; härter, magerer und strenger geworden. Doch bleibt ihm noch der infantile Charme; der sinnliche Zauber des Blicks.

Wo hast du dich denn herumgetrieben, all die Zeit, petit frère de Marcel, Bruder des toten Helden? Magst du uns nichts verraten? – Du verrätst uns nichts. Du schweigst über die Arbeiten und Abenteuer, die Vergnügungen und Traurigkeiten, die Erfahrungen bitterer oder süßer Art, die hinter dir liegen. Du hast dich unter die Menschen gemischt, hast Anteil genommen, Leiden mitangesehen und selber Leiden getragen –: so viel merkt man dir an. Wo du auch gewesen sein magst – du bist dem Leben nicht ausgewichen; du hast dem Befehl gehorcht, den das sinkende Haupt, das dornengeschmückte, mit trockenrissigen Lippen dir zurief.

Zuweilen legst du Rechenschaft ab vor deinem Erlöser, der geduldig lauscht – unfassbar milde und unfassbar streng. Er will die detaillierte Konfession, die exakte Beichte. Er ist anspruchsvoll. Ausflüchte, pathetische Verallgemeinerungen lässt er nicht gelten: das weißt du nun schon, und hast dich daran gewöhnt. Deine Gebete werden beinah trocken. Du berichtest deinem Erlöser: Ich habe eine kleine Aktion vor, lieber Herr. Hältst du meinen Plan für gescheit und dem Zwecke dienlich? – Des Menschen Sohn interessiert sich für die Affären der Menschen, so melancholisch und konfus sie auch meistens sind.

Heute ist ein wichtiges Datum in Kikjous Leben. Morgen soll er eine große Reise antreten – die Fahrt nach Hause, nach Südamerika, zu seinen Schwestern nach Rio. Sein Papa ist gestorben: keine verdrossenen Briefe, keine gereizten Mahnungen sind von ihm mehr zu gewärtigen. Er ist tot, es war ein

Magenkrebs, die Schwestern haben es Kikjou telegraphiert, und hinzugefügt: »Komme bitte sofort! Brauchen dich zur Abwicklung der Geschäfte da sonst ohne männlichen Schutz.« Unverhoffte, etwas peinliche Ehre für den kleinen Kikjou: plötzlich soll er Familienoberhaupt sein. Seine Schwestern rechnen auf ihn, ohne ihn wären sie ganz verloren - ernste junge Mädchen, leider sind sie nicht hübsch, deshalb finden sie keinen Bräutigam. Bruder Kikjou soll die Geschäfte ordnen; soll mit Anwälten - wahrscheinlich üblen Schwindlern - um grünbespannte Tische sitzen; wird vielleicht etwas Geld haben, vielleicht auch nicht: sehr wohl möglich, dass Papa nur Schulden hinterlassen hat, man muss auf dergleichen gefasst sein. In diesem Falle säße Kikjou da, mit den unversorgten Jungfern - wie kann er sie alle ernähren?

Es hat mancherlei zu besprechen und zu beraten gegeben mit dem strengen, milden Herrn, der geduldig lauscht. Zu allen übrigen Sorgen kam das Pass-Problem: Kikjou, kleiner Kamerad der Heimatlosen, war nun seinerseits expatriiert. Solches geschah ihm zur Strafe, weil er in Spanien bei den Loyalisten gewesen war, und sich so lange ferngehalten hatte von der Heimat. Sein Pass wurde nicht verlängert: Kikjou argwöhnte, dass sein eigener Vater die brasilianischen Konsulate in solchem Sinne beeinflusst hatte. Der grausame alte Herr - heftig deprimiert durch den Magenkrebs und die Ahnungen des nahen Endes - wollte den verlorenen Sohn durch so erpresserischen Trick zur Heimkehr zwingen. Nun musste er wirklich nach Hause, und fand sich in lästigen Komplikationen. ›Soll ich den gefälschten Pass benutzen? Es ist ja ein echter - nur ein paar kleine Ziffern hat man korrigiert … Was rätst du mir, lieber Herr?‹ – Die Emigranten-Probleme, die Sorgen der Vagabunden: Kikjou, der Wahl-Emigrant, der Vagabund aus Instinkt, erfuhr sie am eigenen Leibe.

›Nach Hause!‹, dachte er, ziemlich bitter. ›Nach Hause –: wie seltsam es klingt! Was geht Rio de Janeiro mich an? Eine fremde Stadt. Was bedeuten mir meine Schwestern? Unbekannte Damen. Ich habe kein Zuhause. Zu lange habe ich mit denen gelebt, die heimatlos sind – ich gehöre zu ihnen, meine Brüder sind sie. Marcel, mon grand frère – hatte er eine Heimat? Il était sans patrie, ist unter fremden Himmeln gestorben. Martin, den ich geliebt habe, und seine Freunde, und all die anderen, denen ich ein bisschen zu helfen versuchte – ach, mit was für matten, unzureichenden Kräften! –: lauter Heimatlose … Was soll ich in Rio, bei den dummen Schwestern und den schlauen Anwälten? Aber es ist wohl meine Pflicht, ihnen zur Verfügung zu sein … Wie lange werde ich bleiben? Und was für Wanderschaften kommen dann?

In welchen Sprachen werde ich noch beten lernen? – Vorhin, als ich vor meinem Erlöser lag, habe ich ihn mit französischen, deutschen, englischen, spanischen und portugiesischen Vokabeln angerufen. Er hat sie alle verstanden. Des Menschen Sohn kennt die Sprachen der Menschen. Er ist kein Nationalist. Er hat keine Muttersprache; nur die Sprache des Vaters – die sich aus sehr mannigfachen Idiomen zusammensetzt. Unser internationales Kauderwelsch wird gnädig aufgenommen. Mein Gestammel könnte ein Gegenstand des Anstoßes und Skandals im Himmel sein; indessen herrscht dort größte Toleranz, was die Worte und Akzente betrifft. Die Taten und Gedanken aber werden streng gewogen.

Die stumme Toleranz der höchsten Sphäre ist tröstlich; jedoch würde man auch gern von den Lebenden etwas besser verstanden. Auf Erden nimmt die Unduldsamkeit gegenüber Ausländern erschreckend zu, überall ist sie im Steigen begriffen: Du weißt es, Menschensohn; mir liegt aber daran, es Dir wieder einmal recht nachdrücklich ins Gedächtnis zu rufen. Wir sind ziemlich einsam, lieber hoher Herr; in der Fremde weht kalte Luft, Freundschaften von Dauer gibt es kaum für die Unbehausten.‹

**Mascha Kaléko**

## Im Exil

Ich hatte einst ein schönes Vaterland –
so sang schon der Flüchtling Heine.
Das seine stand am Rheine,
das meine auf märkischem Sand.

Wir alle hatten einst ein (siehe oben!).
Das fraß die Pest, das ist im Sturz zerstoben.
O Röslein auf der Heide,
dich brach die Kraftdurchfreude.

Die Nachtigallen wurden stumm,
sahn sich nach sicherm Wohnsitz um,
und nur die Geier schreien
hoch über Gräberreihen.

Das wird nie wieder, wie es war,
wenn es auch anders wird.
Auch, wenn das liebe Glöcklein tönt,
auch wenn kein Schwert mehr klirrt.

Mir ist zuweilen so, als ob
das Herz in mir zerbrach.
Ich habe manchmal Heimweh.
Ich weiß nur nicht, wonach.

**Wolfgang Borchert**

## Die Elbe

Blick von Blankenese

Links liegt Hamburg. Da, wo der viele Dunst liegt. Und der kommt von dem vielen Lärm, von den Menschen und der Arbeit, die da sind, in Hamburg.

Drüben liegt Finkenwerder. Aber Finkenwerder ist klein, denn es liegt da ganz drüben, und dazwischen liegt der Strom. Und drüben, das ist ziemlich weit.

Rechts liegen noch ein paar Häuser und manchmal eine Straße oder ein Graben. Und dann liegt da nachher bald die Nordsee. Und da liegt viel Dunst. Von dem vielen Wasser, das da ist.

So ist das links, drüben und rechts. Hamburg und Finkenwerder und die Nordsee. Und hinten?

Hinten liegen ein paar Wiesen und ein paar Wälder. In den Wiesen und den Wäldern liegen Kühe, Kuhfladen, Nebel, Nächte. Liegen Kaninchen, Sonne, Heidekraut und Pilze. Hin und wieder liegen Strohdächer dazwischen, Misthaufen, Fuchslöcher, Regenpfützen und Knickwege. Aber sonst nicht viel. Und nachher liegt da auch bald Dänemark.

Oben liegt der Himmel und da liegen die Sterne drin.

Darunter liegt die Elbe. Und da liegen auch Sterne drin. Dieselben Sterne, die im Himmel liegen, liegen auch in der Elbe. Vielleicht sind wir gar nicht so weit ab vom Himmel. Wir in Blankenese. Wir in Barmbek, in Bremen, in Bristol, Boston und Brooklyn. Und wir hier in Blankenese. Aber man muss die Sterne natürlich sehen, die hier unten schwimmen, in der Elbe, im Dnjepr, in der Seine, im Hoangho und im Mississippi.

Und die Elbe? Die stinkt. Stinkt, wie eben das Abwaschwasser einer Großstadt stinkt: nach Kartoffelschale, Seife, Blumenvasenwasser, Steckrüben, Nachttöpfen, Chlor, Bier und nach Fisch und nach Rattendreck. Danach stinkt sie, die Elbe. Wie eben das Spülwasser von ein paar Millionen Menschen nur stinken kann. So stinkt sie aber auch. Und sie lässt keinen Gestank aus, der auf der Welt vorkommt.

Aber die sie lieben, die weit weg sind und sich sehnen, die sagen: Sie riecht. Nach Leben riecht sie. Nach Heimat hier auf der verlorenen Kugel. Nach Deutschland. Ach, und sie riecht nach Hamburg und nach der ganz großen Welt. Und sie sagen: Elbe. Sie sagen das weich und wehmütig und wollüstig, wie man einen Mädchennamen sagt. So: Elbe!

Früher gab es riesige Schiffe. Dampfer, Kästen, Paläste, die einen übermütigen tränenlosen Abschied riskierten. Die abends wie gewaltige Wohnblocks, wie kühn konstruierte, schmal geschnittene phantasievolle gigantische Etagenhäuser im Strom lagen und träge und weltsatt und meermüde gegen die nächtlich erregten Kais trieben. Die gab es früher, diese zyklopischen schwimmenden Termitenberge, von Millionen Glühwürmern erleuchtet, gemütlich, großmütig und geborgen glimmend, grün und rot und hektisch weißglühend. Sie konnten mit lärmender Blechmusik eine turbulente tränenlose tolle Ankunft riskieren. Ankunft und Ausfahrt: Mutige Blechmusik. So war das damals. Gestern.

Ob sie voll Fernweh und Macht und Mut ausfuhren auf die weiten Wasser der Welt – oder ob sie voll Weltatem und Weltware und Weisheit heimkamen von den Teichen zwischen den Kontinenten: Immer lagen sie voll Mut im Elbstrom, Titanen hinter den hustenden Schleppern, schimmernd aus dem Qualm der Barkassen aufragend, Festungen, unantastbar, gebirgig, übermütig.

Immer funkelte ein Übermaß an Mut aus den tausend bulläugigen Fenstermäulern. Immer zitterte ein Überschuss an Freude aus den Messingmäulern ihrer Mussidenn-Kapellen. Immer war es eine Überfülle an Kraft, die aus den stolzen Mäulern der Schornsteine stob und schnob, stampfte und dampfte. Kraft, die weißluftig aus den karpfenmäuligen Sirenenrohren zischte. Lachende lustvolle lebendige Elbe!

So war das. Damals. Gestern.

Aber manchmal gibt es Zeiten, und sie liegen grauer als der graue Dunst Hamburgs über der uralten ewigjungen Elbe, dann sind der Mut und die Freude und die Kraft auf See geblieben, dann sind sie an fremden, kalten, wüsten Küsten verschollen. Dann sind sie überfällig, die Freude, der Mut und die Kraft.

Das sind die dunstgrauen, die nebelgrauen, die weltgrauen Zeiten, in denen es vorkommen kann, dass kleine weiße aufgeschwemmte Menschenwracks auf den graugelben schmuddeligen Sand von Blankenese oder Teufelsbrücke geworfen werden. Dann passiert es, dass vollgelaufene fischig-stinkende menschfremde Tote gegen das Schilf von Finkenwerder oder Moorburg knistern und wispern. Dann geschieht es, dass an diesen grauen Tagen Liebende, Ungeliebte, Verzweifelte, Müde, Todestraurige,

Selbstmordmutige, denen der Mut zum Leben ausging – Freudlose und Freundlose, Kraftlose, die nur noch einen Freund im Elbstrom hatten, die nur noch die Kraft zum Tod hatten – dass diese, das geschieht dann in den grauen Nächten, dass diese von Elbwasser Besoffenen, die sich am Elbwasser zu Tode berauschten, dumpf und drohend und dröhnend gegen die Pontons von Altona und den Landungsbrücken stoßen. Rhythmisch dumpfen sie dagegen, eintönig, gleichmäßig wie Atem. Denn der Wellengang der Elbe, der Stromatem, ist nun ihr Rhythmus – das Wasser der Elbe ist nun ihr Blut. Und dann klatschen in den grauen Nächten die kalten kalkigen Menschenleichen klagend gegen die Kaimauern von Köhlbrand und Athabaskahöft. Und ihre einzige Blechmusik sind die blechernen Möwenschreie, die geil und voll Gier über den Menschfischen schwirren. So ist das in den grauen Zeiten.

Meerhungrige Riesenkästen, ozeansüchtige Wohnblocks, winderfahrene Paläste voll Ausfahrt und Ankunft mit lärmender Blechmusik dickbäuchiger Messingkapellen –

Wassersüchtige Menschenwracks, todsehnende Lebendige, wellenvertraute wellenverliebte Wasserleichen voll Abschied und Endgültigkeit mit einsamem Blechschrei schmalflügeliger Lachmöwen:

Lustvolle leidvolle Elbe! Lustvolles leidvolles Leben!

Aber dann kommen die unauslöschlichen, die unaustilgbaren, die unvergesslichen Stunden, wo abends die jungen Menschen, von der Sehnsucht nach Abenteuern randvoll, auf den geheimnisvollen Holzkästen stehen, die den geheimnisvollen Namen Ponton haben, einen Namen, der schon drucksend und glucksend all ihr zauberhaftes Heben und Senken vom Atem des Stromes verrät. Immer werden wir wieder auf den sicheren schwankenden Pontons stehen und eine Freude in uns fühlen, einen Mut in uns merken und eine Kraft in uns kennen. Immer wieder werden wir auf den Pontons stehen, mit dem Mut zum Abenteuer dieses Lebens, und den Atem der Welt unter unsern Füßen fühlen.

Über uns blinkt der Große Bär – unter uns blubbert der Strom. Wir stehen mittenzwischen: Im lachenden Licht, im grauen Nebel der Nacht. Und wir sind voll Hunger und Hoffnung. Wir sind voll Hunger nach Liebe und voll Hoffnung auf Leben. Und wir sind voll Hunger auf Brot und voll Hoffnung auf Begegnung. Und wir sind voll Hunger nach Ausreise und voll Hoffnung auf Ankunft.

Immer wieder werden wir in den grauen Zeiten auf den mürbeduftenden schlafschaukelnden lebenatmenden Pontons stehen mit unserem heißen Hunger und mit unserer heiligen Hoffnung.

Und wir wünschen uns in den grauen Zeiten, den Zeiten ohne die schwimmenden Paläste, voll Mut auf den kleinen Motorkahn, auf den Fischfänger, den Küstenkriecher, wünschen uns ein brennendes Gesöff ins Gedärm und eine weiche warme Wolle um die Brust und ein Abenteuer ins Herz. Wünschen uns voll Mut zur Ausfahrt, voll Mut zum Abschied, voll Mut zum Sturm und zum Meer.

Und wir wünschen uns (in diesen grauen Zeiten, wo es die großen Kästen nicht gibt) muskelmüde auf die heimkommenden kleinen Fischkutter, die mit asthmatischem Gepucker im

Leib die Elbe reinkommen, um einmal so voll von Heimkehr, voll Fracht und Erfahrung sein zu können. Um einmal die Stadt des Heimwehs, die Stadt der Heimkehr im Blut zu haben, herrlich, schmerzlich Hamburg zu schreien, zu schluchzen – einmal voll Nachhausekommen zu sein. Und wir wünschen uns zerschlagen und windmüde auf die kleinen Fischkutter, schwatzend, schrubbend, schimpfend oder schweigend – wünschen uns die Lust, die unfassbare Tränenlust, einmal Heimkehrer zu einer Hafenstadt zu sein.

Und wenn wir abends auf den wiegenden Pontons stehen – in den grauen Tagen – dann sagen wir: Elbe! Und wir meinen: Leben! Wir meinen: Ich und du. Wir sagen, brüllen, seufzen: Elbe – und meinen: Welt! Elbe, sagen wir, wir Hoffenden, Hungernden. Wir hören die metallischen Herzen der kleinen tapferen armseligen ausgelieferten treuen Kutter tuckern – aber heimlich hören wir wieder die Posaunen der Mammutkähne, der Großen, der Gewaltigen, der Giganten. Wir sehen die zitternden kleinen Kutter mit einem roten und einem grünen Auge abends im Strom – aber heimlich sehen wir wieder, wir Lebenden, Hungernden, Hoffenden, die bulläugigen lichtverschwendenden blechmusikenen Kolosse, die Riesen, die Paläste.

Wir stehen auf den abendlichen schaukelnden Pontons und fühlen das Schweigen, den Friedhof fühlen wir und den Tod – aber tief in uns hören wir wieder das Gewitter, das Gedonner und Gedröhn der Werften. Tief in uns fühlen wir das Leben – und das Schweigen über dem Strom wird wieder platzen, wie eine Lüge, von dem Lärm, von der Lust des lauten Lebens! Das fühlen wir – tief in uns abends auf den flüsternden Pontons.

Elbe, stadtstinkende kaiklatschende schilfschaukelnde sandsabbelnde möwenmützige graugrüne große gute Elbe!

Links Hamburg, rechts die Nordsee, vorn Finkenwerder und hinten bald Dänemark. Um uns Blankenese. Über uns der Himmel. Unter uns die Elbe. Und wir: Mitten drin!

**Erich Fried**

## Heimat

Land unter vielen Ländern,
Land mit zerrissenen Schuhn,
dich lieben heißt dich verändern,
dich träumen heißt selten ruhn,

dich suchen heißt lange noch fragen:
»Wo ist dein Bruder, Kain?«
dich finden heißt Trümmer zerschlagen,
Stein wieder fügen an Stein.

**Rose Ausländer**

## HEIMAT II

Du schwimmst
auf dem Meer
der Unendlichkeit

Glückt es dir
eine Küste zu erreichen
wird ein Stückchen Erde
deine Heimat

## Max Herrmann-Neiße

### Das Land, in dem ich leben möchte

Das Land, in dem ich gern leben möchte, müsste ein friedliches sein, das jedem seiner Bewohner ein auskömmliches Dasein verbürgt und mit jeder andern Nation gut Freund ist. Es hat kein Militär, keine bewaffnete Macht, keine Zuchthäuser, übt keinen Arbeits- und keinen Gebärzwang aus, kennt keine Todesstrafe, gewährt unbedingte Rede- und Schreibfreiheit, stellt das Sexuelle nicht unter moralische Gesetze. Da darf jeder nach Belieben tun und lassen, soweit er nicht seinen Mitmenschen dadurch schädigt, da herrscht niemand und wird niemand beherrscht, gibt es keine Hast, keine Rekordjagd, keine Raffgier, keinen Puritanismus, keinen Rassen- und Grenzpfahlwahn, keine Nivellierung zur nach rechts oder links ausgerichteten Kasernenhofherde, keine Mechanisierung, keinen Kulturabbau, da gilt die Kunst noch etwas, die Humanität, der Geist, die Persönlichkeit, das Herz, die Seele, der Mensch an sich. Es schwebt mir etwas vor wie ein Paris, das in Schlesien gelegen wäre, mit Wesenszügen von München, von Hamburg, von Prag, von holländischer Gepflegtheit, mit Meeres- und Gebirgsnähe, mit dem hohen Niveau der Bühnenleistung, wie es heut wohl nur Deutschland aufweist, mit reizvollen Frauen jeder Art und Kulör, mit Pilsner und Porter Bier, französischem Cognak, Schwarzwälder Kirschwasser, Prager Schinken, österreichischem Schnitzel, bayrischen Würsten und schlesischem Wildpret. Ein Land, das in allem der äußerste Gegensatz der

Barbarei ist, ich muss wohl besser sagen: wäre – dürfte es, wie die Dinge gegenwärtig liegen, sich doch offenkundig um ein hundertprozentig utopisches Märchenland, das überspannte Nirgendheim eines unzeitgemäßen, in jedem Lager unbeliebten und unbrauchbaren Schwärmers, halt eines Dichters handeln.

## Hans Aßmann von Abschatz

### Eine Landkarte

Ein Bürger dieser Welt lern auch die Welt erkennen,
Damit er jedes Land kann seine Heimat nennen.

## Copyright

Rose Ausländer: Heimat II. Aus: Wieder ein Tag aus Glut und Wind. Gedichte 1980–1982. Gesammelte Werke Bd. 6, hg. von Helmut Braun, © 1986, S. Fischer Verlag GmbH, Frankfurt am Main.

Erich Fried: Heimat. Aus: Einbruch der Wirklichkeit. Verstreute Gedichte 1927-1988. © 1991, 1996, 2005 Verlag Klaus Wagenbach, Berlin.

Bäume, aus: Hermann Hesse, Sämtliche Werke in 20 Bänden. Herausgegeben von Volker Michels, Band 11: Autobiographische Schriften 1. © Suhrkamp Verlag Frankfurt am Main 2003. Alle Rechte bei und vorbehalten durch Suhrkamp Verlag Berlin.

Mascha Kaléko: Im Exil. Aus: Das himmelgraue Poesie-Album, München (dtv) 1986.

Alfred Polgar: Heimat. Aus: Kleine Schriften. Band 3: Irrlicht. Hg. Von Marcel Reich-Ranicki in Zusammenarbeit mit Ulrich Weinzierl. Reinbek (Rowohlt) 1984.

## Die Autorinnen und Autoren

Peter Altenberg (1859–1919): Der Landungssteg. Aus: Wie ich es sehe, 1896. – S. 110.

Bettina von Arnim (1785–1859): Aus: Die Günderode, 1840. – S. 51.

Hans Aßmann von Abschatz (1646–1699): Eine Landkarte. – S. 217.

Victor Auburtin (1870–1928): Die Flucht zur Natur. Aus: Einer bläst die Hirtenflöte, 1928. – S. 124.

Rose Ausländer (1901–1988): Heimat II. Aus: Mein Venedig versinkt nicht, 1982. – S. 214.

Ludwig Bechstein (1801–1860): Auf dem Rhein. Aus: Gedichte, 1836. – S. 68.

Walter Benjamin (1892–1940): Abreise und Rückkehr. Aus: Berliner Kindheit um neunzehnhundert, posthum 1950. – S. 152.

Franz Binhack (1836–1915): Waldheimat. Aus: Reime und Träume, 1869. – S. 42.

Wolfgang Borchert (1921–1947): Die Elbe. Blick von Blankenese. Aus: Die Hundeblume, 1947. – S. 206.

Wilhelm Busch (1832–1908): Abschied. Aus: Zu guter Letzt, 1904. – S. 168.

Richard Dehmel (1863–1920): Heimat. Aus: Erlösungen, 1891. – S. 117.

Annette von Droste-Hülshoff (1797–1848): Aus: Westfälische Schilderungen, 1845. – S. 57.

Marie von Ebner-Eschenbach (1830–1916): Ein Traum im Traume, 1909. – S. 20.

Joseph von Eichendorff (1788–1857): Heimweh, 1826. – S. 39.

Fred Endrikat (1890–1942): Es gibt ein Stück Erde … Aus: Liederliches und Lyrisches, 1940. – S. 126.

Theodor Fontane (1819–1898): Die Ruppiner Schweiz. Aus: Wanderungen durch die Mark Brandenburg. Erster Teil: Die Grafschaft Ruppin, 1862. – S. 83.

Karl Emil Franzos (1848–1904): Aus: Deutsche Fahrten. Reise- und

Kulturbilder. Erste Reihe: Aus Anhalt und Thüringen, 1903. – S. 86.

Ferdinand Freiligrath (1810–1876): Die Auswanderer, 1832. – S. 76.

Erich Fried (1921–1988): Heimat, 1946. – S. 213.

Johann Wolfgang von Goethe (1749–1832): Erinnerung. – S. 8; Die Leiden des jungen Werthers, 1774. – S. 31; Die Lustigen von Weimar, 1812–1813. – S. 54.

Franz Grillparzer (1791–1872): In der Fremde. Konstantinopel, 23. September 1843. – S. 56.

Heinrich Heine (1797–1856): In der Fremde. Aus: Neue Gedichte, 1844. – S. 72; Die Nordsee. Aus: Reisebilder. Erster Teil, 1826. – S. 80.

Max Herrmann-Neiße (1886–1941): Das Land, in dem ich leben möchte, 1932. – S. 215.

Hermann Hesse (1877–1962): Bäume. Aus: Wanderung. Aufzeichnungen, 1920. – S. 112.

Franz Hessel (1880–1941): Die Kunst spazieren zu gehn. Aus: Ermunterungen zum Genuss, 1933. – S. 159.

Peter Hille (1854–1904): Maienfrühe, undatiert. – S. 156.

Hugo von Hofmannsthal (1874–1929): Das Dorf im Gebirge, 1896. – S. 119.

Friedrich Hölderlin (1770–1843): Die Heimat, 1799. – S. 41.

Arno Holz (1863–1929): Zwischen Bergen im Sonnenschein. Aus: Phantasus, 1898. – S. 158.

Ödön von Horváth (1901–1938): Fiume, Belgrad, Budapest, Preßburg, Wien, München, 1929. – S. 174.

Ricarda Huch (1864–1947): Heimweh. Aus: Gedichte, 1891. – S. 190.

Franz Kafka (1883–1924): Heimkehr, 1920. – S. 154.

Mascha Kaléko (1907–1975): Im Exil. Aus: Das himmelgraue Poesie-Album, 1968. – S. 205.

Justinus Kerner (1786–1862): Alte Heimat. Aus: Gedichte, 1826. – S. 40.

Edlef Köppen (1893–1939): Heeresbericht, 1930. Aus dem fünften Kapitel. – S. 169.

Gertrud Kolmar (1894–1943): Die Fremde. Aus: Die Frau und die Tiere, 1938. – S. 191.

Karl Krebs (1804–1880): In der Heimat ist es schön, um 1830. – S. 27.

Franz Kugler (1808–1858): An der Saale hellem Strande, 1826. – S. 72.

Hedwig Lachmann (1865–1918): Auswanderer. Aus: Gesammelte Gedichte, 1919. – S. 79.

Else Lasker-Schüler (1869–1945): Elberfeld im Wuppertal. Aus: Konzert. Essays und Gedichte, 1932. – S. 94.

Detlev von Liliencron (1844–1909): Das abgeerntete Kartoffelfeld. Aus: Roggen und Weizen, 1900. – S. 106.

Friedrich von Logau (1605–1655): Fremde. – S. 29.

Fritz Löhner-Beda (1883–1942) / Erwin W. Spahn (1898–1941): Nur in meinem Schrebergarten fühle ich mich wohl, 1936. – S. 127.

Klaus Mann (1906–1949): Der Vulkan, Roman unter Emigranten, 1939. Aus dem 5. Kapitel. – S. 200.

Johann Meyer (1829–1904): Kennst du dat Land?, 1859. – S. 66.

Karl Philipp Moritz (1756–1793): Anton Reiser. Aus dem 4. Teil, 1790. – S. 34.

Erich Mühsam (1878–1934): Heimat. Aus: Wüste – Krater – Wolken. Die Gedichte, 1914. – S. 118.

Friedrich Nietzsche (1844–1900): Doppelgängerei der Natur. Aus: Menschliches, Allzumenschliches, 1878. – S. 102.

Alfred Polgar (1873–1955): Heimat. Aus: Bei dieser Gelegenheit, 1930. – S. 186.

Friedrich Richter (1811–1865): Am Neckar, 1851. – S. 70.

Rainer Maria Rilke (1875–1926): Aus dem Gedichtzyklus Dir zur Feier, 1897/98 geschrieben für Lou Andreas-Salomé. – S. 116.

Joachim Ringelnatz (1883–1934): München. Aus: Reisebriefe eines Artisten, 1927. – S. 99.

Anna Ritter (1865–1921): Seine Heimat. Aus: Gedichte, 1898. – S. 115.

Emil Rittershaus (1834–1897): Die Heimat. Aus: Gedichte, 1856. – S. 28.

Joseph Roth (1894–1939): Ankunft im Hotel. Aus: Panoptikum. Gestalten und Kulissen, 1930. – S. 146.

Felix Salten (1869–1945): Fünfkreuzertanz. Aus: Wurstelprater, 1911. – S. 128.

August Wilhelm Schlegel (1767–1845): In der Fremde, 1806. – S. 30.

Hermann Harry Schmitz (1880–1913): Wie es kompliziert war, bis ich in die Sommerfrische kam. In: Der Säugling und andere Tragikomödien, Leipzig 1911. – S. 133.

Arthur Schnitzler (1862–1931): Spaziergang, 1880er Jahre. – S. 192.

Johanna Schopenhauer (1766–1838): Jugendleben und Wanderbilder, 1839. Siebentes Kapitel. – S. 62.

Heinrich Seidel (1842–1906): Die Geschichte eines Tales, 1886. – S. 9.

Carl Spitteler (1845–1924): Auf dem Felde. Aus: Meine frühesten Erlebnisse, 1914. – S. 103.

Adalbert Stifter (1805–1868): Aus: Die Mappe meines Urgroßvaters, 1841. – S. 43.

Theodor Storm (1817–1888): Westermühlen, um 1840. – S. 65.

Ernst Toller (1893–1939): Aus: Eine Jugend in Deutschland, 1933. – S. 166.

Kurt Tucholsky (1890–1935): Heimat. Aus: Deutschland, Deutschland über Alles, 1929. – S. 23; Koffer auspacken, 1927. – S. 177.

Gottfried Weigle (1816–1855): Drunten im Unterland, 1835. – S. 100.

Stefan Zweig (1881–1942): Die Welt von Gestern. Erinnerungen eines Europäers, 1942. – S. 180.